KB085225

상춘곡

아시아에서는 《바이링궐 에디션 한국 대표 소설》을 기획하여 한국의 우수한 문학을 주제별로 엄선해 국내외 독자들에게 소개합니다. 이 기획은 국내외 우수한 번역가들이 참여하여 원작의 품격을 최대한 살렸습니다 문학을 통해 아시아의 정체성과 가치를 살피는 데 주력해 온 아시아는 한국인의 삶을 넓고 깊게 이해하는 데 이 기획이 기여하기를 기대합니다.

Asia Publishers presents some of the very best modern Korean literature to readers worldwide through its new Korean literature series 〈Bilingual Edition Modern Korean Literature〉. We are proud and happy to offer it in the most authoritative translation by renowned translators of Korean literature. We hope that this series helps to build solid bridges between citizens of the world and Koreans through a rich in-depth understanding of Korea.

바이링궐 에디션 한국 대표 소설 083

Bi-lingual Edition Modern Korean Literature 083

Song of Everlasting Spring

윤대녕
상춘곡

Youn Dae-nyeong

ASIA
PUBLISHERS

Contents

상춘곡

Song of Everlasting Spring

벚꽃이 피기를 기다리다 문득 당신께 편지 쓸 생각을 하게 되었습니다. 그렇지 않더라도 오래전부터 나는 당신께 한번쯤 소리나는 대로 편지글을 써보고 싶었습니다. 막걸리 먹고 취한 사내의 육자배기 가락으로 말입니다. 하지만 내게 무슨 깊은 한이 있어 그런 소리가 나오겠습니까? 하지만 이번이 아니면 매양 또 주저하다 세월만 흘려보낼 것 같아 딴에는 작정을 하고 쓰는 셈입니다.

선운사에 내려온 지 오늘로 꼭 나흘째입니다. 이곳은 미당(未堂)을 길러낸 땅이기도 하지만 당신이 태어난

I was waiting for the cherry blossoms to bloom when I suddenly thought to write you a letter. I've actually been wanting to do so for quite some time. To just once, let everything out like a man drunk on *makgeolli* singing a six-beat folk song. But what kind of deep sorrow did I have to produce such a sad melody? Whatever the case, this time I'm determined because if not now, I'll hesitate again and let even more time pass by.

It's been four days since I came to Seonunsa Temple. This is the land that gave birth to the poet Midang, but it's also where you were born, too. To be more precise, your hometown is closer to Seo-

곳이기도 하죠. 굳이 따지자면 당신 고향이 미당의 고향보다 선운사에서 보면 훨씬 가깝지요. 짐작하시겠지만 형편이 좋아 관광을 온 것은 결코 아닙니다.

열흘 전, 실로 칠 년 만에 당신과 해후했을 때 당신은 내게 벚꽃 얘기를 하셨습니다. 4월 말쯤 벚꽃이 피면 그때 다시 만나자고 말입니다. 솔직히 말하면 나는 그때까지 기다릴 자신이 없었습니다. 그래서 미리 남(南)으로 내려가 벚꽃을 몰고 등고선을 따라 죽 북향할 작정이었던 것입니다. 그리고 나는 그 개화 남쪽 지점을 당신의 고향으로 정한 겁니다. 이곳 선운사는 십 년 전에 우리가 처음 인연을 맺은 곳이 아닙니까.

아무튼 갑작스럽게 찾아가서 당황했을 텐데 담담히 맞아주셔서 고마웠습니다. 사실 별스런 말을 나눴던 건 아니었지요. 당신은 눈병이 걸려 나를 마주보려 하지도 않았으니까요. 생각해 보면 그때 미처 못 한 말들이 있어 이렇듯 상춘객들 틈에 섞여 여기까지 내려온 것인지도 모르겠습니다. 이참에 얘기하자면, 그날 못내 쓸쓸한 기분이 들었던 게 한 가지 있었습니다. 다른 게 아니라 당신의 그 목소리 말이지요. 처녀 적 명주실 같던 목

nunsa than Midang's hometown. You can probably guess, but I'm not here to enjoy a nice vacation.

Ten days ago, when we had our unexpected reunion after seven years, you talked to me about cherry blossoms. You said let's meet again around the end of April when the cherry blossoms bloom. To be honest, I wasn't sure that I could wait until then. So my plan was to come down south and drive all the cherry blossoms up the land to the north. Then I decided that your hometown would lie just south of the blooming flowers. Wasn't it here, ten or so years ago, at Seonunsa, where we first began?

Anyways, you must have been surprised when we just showed up like that, but thank you for remaining so calm. It's not like we exchanged any particular words or anything since you had pink eye and didn't want to look directly at me. Now that I think about it, perhaps it's because there were words left unspoken that I came all the way down here amongst the springtime picnickers. In truth, there was one thing that day that left me feeling forlorn. I'm talking about your voice. I didn't know what had happened, but the silky voice you had in your maiden days had turned coarse like

소리는 어쩐 일인지 짚신처럼 변해 있었습니다. 삼 년 전에 이혼을 하고 나서 그렇게 됐다고 당신은 짐짓 태연한 얼굴로 말했지요. 그놈의 사람 종자 때문에 미치는 것들도 수두룩한데 그깟 목소리 하나 갖고 뭘요, 라고 말입니다. 하지만 그게 내 귀에는 어쩐지 슬퍼하고 노여워하는 소리로 들렸습니다. 그렇더라도 부디 남에게 보여지는 모습까지 나빠지지는 마시기 바랍니다.

아주 오랜만에 써보는 편지니 군데군데 그릇 깨지는 소리가 나더라도 행여 접지 말고 읽어주시기 바랍니다. 오늘부터 벚꽃이 피는 날까지 천천히 써나갈 생각입니다. 실은 엊그제부터 쓰고자 했는데, 말문이 트이지 않아 얼굴을 납작하게 종이에 댄 채 하냥 풀 먹는 짐승처럼 코만 쿵쿵거리고 있었습니다.

비바람

당신은 더한 편이라고 알고 있지만 나 또한 그닥 사람을 즐겨 만나는 성격이 아니란 건 진작부터 아시고 계실 겁니다. 그게 지금은 좀 더 심해져서 아예 사람 만날 약속 같은 건 안 하고 사는 형편입니다. 그저 만나지

straw. Your face was indifferent as you explained that it had changed after your divorce three years ago, adding that there are tons of people who go completely mad because of human beings, so what was the big deal about a voice? But to me, all it sounded like were words of sadness and anger. Even so, I pray that you at least keep up appearances when you're with others.

It's been a long time since I've written a letter so it might sound a bit choppy. Nevertheless, I ask that you read it till the end and not just fold it away. I plan on taking my time with this until the cherry blossoms bloom. I meant to start it yesterday, but I didn't know how to start so I just laid my face flat against the paper, sniffing around like a grazing animal.

Rainstorm

You're even worse than I am, but you probably know that I'm also not the type of person who likes to socialize. It's gotten to the point where I don't even make plans to meet people. If I happen to run into someone, then I see them, but it's been a long time since I've abandoned the need for company.

면 만나는 거지 뭐, 하고 사람에 대한 욕심을 잃고 산 지 이미 오랩니다. 그날 인옥이 형을 만난 것도 따지고 보면 다분히 충동적인 일이었다는 것이지요. 인옥이 형이 인사동에서 삼인전(三人展)인가 뭔가를 한다는 것은 엽서를 받아 이미 알고 있었지만 구태여 가볼 생각까지는 하지 않고 있었습니다. 그러다 전시회가 끝나는 날이었지요. 저녁 여섯 시쯤 외출했다 들어오는데 때마침 자동응답전화기에 인옥이 형의 목소리가 녹음되고 있더군요. 얼른 수화기를 들었어야 마땅했지만 나는 열쇠를 손에 쥔 채 물끄러미 전화기만 내려다보고 있었지요.

"몇 년 만에 담벼락에 액자 좀 걸었는데…… 그래, 끝까지 안 올 건감? 그림이야 볼 것 없고 밤새 술집에 앉아 있을 테니 그리라도 용케 들러다오. 차마 야속한 놈아!"

전작이 있는 듯 쓸쓸하게 혀가 말린 소리로 야속한 놈! 이라고 생생하게 테이프에 감기는 소리를 듣고 있자니 갑자기 마음이 편칠 않았습니다. 화전을 갈고 나온 사람처럼 목소리가 지쳐 있었던 것입니다. 꼭이 남녀 간에 생기는 일이 아니더라도 일을 벌이고 난 뒤의

Even meeting up with In-ok that day was by pure impulse. I'd received a post card that he was holding a three-man art exhibition in Insadong. So even though I'd known about it early on, I had no intention of going. Then on the final night of the exhibition, I was coming back home at around 6 P.M. when I caught In-ok leaving a message on my answering machine. I should have picked up the receiver but I just stood there, key in hand, and stared down at the telephone.

"It's the first time in years that I've hung my paintings on a wall. Are you really not going to come? Forget about the drawings, but we'll be drinking all night at a bar so drop by if you can, you cold-hearted bastard!"

As if he'd already had a few drinks, his voice sounded forlorn and he was slurring. Listening to that voice saying "cold-hearted bastard" so clearly on tape, I suddenly felt bad. It was a voice that sounded exhausted, like the voice of someone who'd just spent the whole day laboring away in the fields. Even if it's not something between two lovers, when you hear someone call you out on something like that, it always leaves you feeling empty. Without even changing my clothes, I went

15

느낌은 언제나 허전한 법 아닙니까. 나는 외출했다 들어온 모양 그대로 다시 집을 나가 아파트 단지에 있는 꽃가게에서 되는대로 이 꽃 저 꽃을 섞어 말아 쥐고는 택시를 타고 인사동으로 갔습니다. 비가 오려는지 거리엔 축축한 바람이 몰려가고 있었지요. 그게 아마 3월 25일이었을 겁니다. 그날에야 나는 어디선가 봄이 오고 있구나라는 느낌을 받고 있었습니다. 꽃다발을 안고 우두커니 택시 안에 앉아 있으면서 말입니다.

화랑에 도착하니 벌써 문을 닫고 있는 중이었습니다. 내가 올 걸 정말 기대라도 하고 있었는지 출입문에 인옥이 형이 굵은 사인펜으로 써 붙인 메모지가 바람에 흔들리고 있더군요. 곧 비가 흩뿌리기 시작해 사인펜 글씨가 눈앞에서 흐려지며 금세 알아볼 수 없게 돼버렸지요. 조금만 늦었더라면 그날 나는 인옥이 형을 볼 수 없었을 겁니다. 물론 다음 날 당신을 만나지도 못했을 테고 말입니다.

우리 옷

인옥이 형은 '우리 옷'이라는 술집에 앉아 있었습니다.

out again to the flower shop in my apartment complex, bought a bouquet of randomly mixed flowers, and grabbed a cab for Insadong. A damp wind blew through the streets as if rain was on its way. It was probably March 25th then. I sat in the cab with the bouquet of flowers in hand and thought, spring is coming.

When I arrived at the gallery, they were already closing up. As if In-ok had really expected me to show up, a note written in thick marker was taped to the front entrance and blowing in the wind. The rain started to pour and In-ok's handwritten message began to blur until it washed away completely. If I had arrived a second later, I wouldn't have been able to see In-ok that night.

Our Apparel

In-ok was sitting in a bar called "Our Apparel." The owner was a chubby woman in her forties wearing thick makeup. She made traditional *hanboks* with fabric that was naturally dyed with gardenia and so forth. Of course, all of this was irrelevant to me. Awkwardly, I went and sat beside In-ok who greeted me by saying, "So Moldy really showed up,

주인은 삼십대 후반의 화장기가 진한 통통한 여자로 옷감에 치자 따위의 천연염료를 써 한복을 만드는 사람이라고 했습니다. 물론 그것까지야 제가 알 바 없지만 말입니다. 어, 저놈의 곰팽이가 진짜 왔네, 하며 반기는 인옥이 형 옆에 나는 머뭇머뭇 끼어 앉았지요. 생각해 보니 인옥이 형을 만난 것도 꽤 오랜만이었습니다.

뒤풀이하는 자리치곤 그야말로 단출하고 조촐했습니다. 이번 삼인전을 함께 연 사십대 중후반의 여자 둘과 그들의 화실 제자들이라고 하는 몇몇 학생들 그리고 어딘가 모르게 우울해 보이는 사십대 초반의 판화 하는 남자까지 합해 채 열 명도 되지 않았습니다. 모든 사랑의 끝은 남루하나니, 라고 인옥이 형이 주절거리는 소리를 들으며 나는 앉았던 사람들과 어수선한 수인사를 나눴지요. 처음엔 인옥이 형의 얼굴만 보고 돌아갈 셈이었는데, 꽃값만큼 먹어야 보낼 거라며 자꾸 붙드는 바람에 그만 눌러앉고 말았습니다. 밖에서 세차게 비가 뿌리는 소리를 들으며 나는 몇 순배의 술에 조금씩 눈이 흐려지기 시작했지요. 나는 숙맥처럼 앉아 그들이 미처 거르지도 않고 내뱉는 말에 귀나 팔고 있었지요.

huh?" Now that I think about it, it had been a while since I'd seen him.

Considering it was a wrap-up party, the gathering was small and simple. There were only about ten people—two women in their forties who had opened the exhibition with In-ok, a few of their art studio apprentices, and a somewhat gloomy looking printmaker in his early forties. I exchanged awkward hellos with everybody while listening to In-ok go on and on about how whenever love ends, it's always shitty. At first, I only intended on staying briefly to see In-ok, but he insisted that I get my money's worth for the flowers and so I ended up staying longer. I listened to the violent rain pouring outside and drank a few rounds before my vision started to blur. I sat there like a fool, listening to the unfiltered talk that they tossed back and forth.

One of the two women from the exhibition, a woman in her forties wearing a neat dress suit, got up with her drink and started grumbling as she looked out the window.

"Ugh, what's up with all this rain?"

"Spring must be coming. Only after the rains flood the streams and a cold snap or whatever

"웬 비가 이렇게 오는지 모르겠네요."

삼인전 중 하나인 양장을 곱게 차려입은 사십대 중반의 여자가 술잔을 들고 일어나 창밖을 살피며 구시렁거리는 소리였습니다.

"봄이 거저 오남. 한차례 물을 쏟아 냇물을 불쿠고 꽃샘바람인지 뭔지가 맵게 몰아쳐간 다음에야 그놈의 홍목당혜 코빼기가 보이지."

말본새를 보면 누군가 금방 알겠지요? 인옥이 형은 술만 들어가면 사투리도 뭣도 아닌 이상한 투로 말이 변하지요.

"말도 말그라, 낸 마흔이 넘어서야 봄이 무섭다는 걸 알았는기라. 그때부텀 이래 봄만 되면 가렴증이 도진다 아이가. 이혼하고 나서부터 봄만 되면 미치게 애가 배고 싶은데 이거 무서운 일 아이가?"

이렇게 말한 사람은 왼쪽 눈 밑에 눈물점이 있는 사십대 후반의 여류화가로 역시 삼인전 중의 하나였습니다. 아닌 게 아니라 그녀는 아까부터 몸을 부스럭거리며 남이 보거나 말거나 허벅지와 겨드랑이에 침을 발라 문지르고 있었지요. 그들 셋이 어떻게 만나 전시회까지

fiercely blows do we finally see kids running around in their dainty shoes, embroidered with the colors of spring."

You can probably guess who was talking, right? Whenever In-ok drinks, he starts jabbering in strange dialects.

"You're telling me! I realized how scary spring was after I passed forty. Every spring since then, I get a nasty itch. And how scary is it that after my divorce, I get this crazy urge to get pregnant whenever spring comes around?"

The person who said this was the other woman from the exhibition, a painter in her late forties with a tear-shaped mark under her left eye. Sure enough, she kept making scratching noises and rubbing saliva on her thighs and armpits regardless of who was looking. I didn't know how the three happened to open an exhibition together, but seeing how they tossed words back and forth so candidly, it seemed like they were very close. Then In-ok stroked the hand of the tear-marked woman and teased her, asking if at her age, she still got turned on. She scowled at him and said, "You gonna keep touching me like that?"

But it didn't sound like she was telling him off.

열게 되었는지 모르지만 허물없이 주고받는 말을 봐서는 매우 가까운 사이인 듯했습니다. 인옥이 형이 눈물점의 손을 더듬으며, 아직 그 나이에도 느낌이 있는감? 이라고 짓궂게 묻자 눈물점 왈, 니 그래 자꾸 내용 있게 만질래? 하며 눈을 흘기는데 그것도 면박을 주는 투는 아니었습니다. 한데 그런 모습들이 그닥 추해 보이지 않았으니 참으로 이상하지요. 전 같으면 그런 꼬락서니를 보고 앉아 있을 위인도 나는 못 됩니다. 물론 농담을 주고받으면서도 서로 거리를 잘 유지하고 있었기 때문이었을 겁니다. 이어 구 년 전에 대학교수인 남편과 이혼했다는 예의 눈물점의 여자가 나애심의 노래를 불렀지요. 그러고 나서 또 얼마간 봄타령이 계속됐습니다. 인옥이 형은 심지어 미당의 「귀촉도」까지 외며 자리를 질펀하게 만들었지요. 시가 끝나고 나서도 인옥이 형이 "제 피에 취한 새가 귀촉도 운다"라는 구절을 자꾸 되풀이하고 있자 내둥 가만히 있던 양장 화가가 대뜸 붉어진 눈으로, 안 그래도 사람 심란해 죽겠는데 너 자꾸 그럴래? 라며 내가 가져간 꽃다발로 인옥이 형의 머리를 내리치기도 했습니다. 덕분에 꽃 모가지들이 여기저기

What was stranger still was that none of it looked vulgar. Before, I wouldn't have been able to sit there watching a scene like that. But I probably stayed since even though they were joking, they made sure not to cross the line. Then the tear-marked woman, who told us that she'd gotten a divorce from her professor husband nine years ago, began to sing a song by Na Ae-shim. And after that, they started complaining about spring again. In-ok went so far as to recite Midang's "Nightingale" and the gathering became even more depressing. Even when the poem had finished, In-ok continued repeating one of the poem's lines: "Intoxicated with its own blood."

"I'm depressed enough as it is. Could you stop?"

The painter in the neat dress suit, who had been quiet until then, suddenly started in. She had reddened eyes and she even hit In-ok over the head with my bouquet. Thanks to her, the heads of all the flowers flung about in every direction.

It was probably around midnight. Someone coming back from the outside washroom muttered something about damn fools being vulgar as he came back inside. At that point, the printmaker who had been sitting there, mouth shut like a with-

로 마구 튀어 달아났지요.

그러다 자정쯤이 됐을까요. 누군가 화장실에 다녀오다 바깥문을 열고, 거 참 되게 상스럽네라며 뜻 모를 소리를 씨부렁거리는 사이 입을 꾹 다물고 마른 꽃처럼 앉아 있던 판화가가 먼저 가고 얼마 뒤 제자라는 사람들까지 주섬주섬 일어나자 삼인전의 주인공들과 나만 남게 되었습니다. 자리는 이내 썰렁해졌지요. 그 틈에 눈물점의 화가가 야, 기숙아 어데 갔노! 고만 문 닫고 와서 철사줄 좀 뜯거라 마! 하고 주방에 대고 소리쳤습니다. 알고 보니 술집 주인을 부르는 소리였습니다.

주인 여자는 겉만 봐서는 그리 호감 있게 생긴 사람은 아니었습니다. 무엇보다도 여기저기 찍어 바르고 주렁주렁 매단 요란한 치장부터가 우리 옷을 만드는 사람답지 않아 보였지요. 한데 그 여자가 오고 나서 불과 오분도 채 되지 않아 나는 새벽에 일어나 파밭에서 오줌을 누고 나왔을 때처럼 기분이 맑아졌습니다. 또한 왕겨를 털어내고 먹는 겨울 찬 사과 맛을 아시겠지요. 그 여자의 목소리가 바로 그랬습니다. 여태껏 나는 그렇게 노래를 맑고 깨끗하게 부르는 여자를 본 적이 없었습니

ered flower, got up to leave. Then the studio apprentices gathered their things and followed right after. Only the three exhibition artists and I were left, and the gathering became even more awkward. Then the tear-marked woman turned towards the kitchen and yelled out, "Hey, Gi-suk! Close the place down and pull some strings for us!" She was talking to the bar owner.

Based solely on her appearance, the owner wasn't very attractive. More than anything, her thick makeup and gaudy jewelry didn't fit the look of a traditional *hanbok* clothing designer. But not even five minutes after she joined us, my mind felt as refreshed as if I'd just taken a piss in an open field on a crisp morning. Or you probably know the taste of biting into a crisp apple that was just taken out from the rice husks where they're stored in winter. Her voice sounded exactly like that. I've never met a woman who sang so crisp and clear. It was at that moment that she finally seemed like someone who worked with natural dyes. When she sang "From the West Sea" and "A Vanished Dream," I was truly moved. I was probably thinking of you, even though you sort of sang off key. While the owner sang, I fell into a forlorn trance and stared at

다. 그때서야 아닌 게 아니라 천연염료를 만지는 사람 답더군요. 그녀가 〈서해에서〉를 부르고 〈꿈은 사라지고〉까지 불렀을 때 나는 정말 감격하고 말았습니다. 아마 나는 당신을 생각하고 있었을 겁니다. 당신은 정작 음치인 편이긴 하지만 말입니다. 술집 주인이 노래를 부르고 있는 동안 나는 기타줄을 뜯고 있는 그녀의 새빨간 손톱과 입술, 속눈썹이 긴 감은 눈, 치렁치렁한 하늘색 귀고리를 적막한 기분에 빠져 바라보고 있었지요. 아직도 내게 아름다움을 느낄 마음이 남아 있었던가 싶어 주책없이 코끝까지 매워졌습니다. 아름다움이란 다만 과거일 것, 이라고 말한 이가 있지요. 그렇다면 그때 나도 과거를 돌아보고 있었던 것 같습니다.

인옥이 형과 눈물점이 마구 부추기는 바람에 주인 여자는 술 한 잔에 노래 한 곡씩을 내처 되풀이하다 결국 방바닥에 드러눕고 말았습니다. 그러고는 사람들이 궁둥이에서 빼낸 방석들을 덮어주자 그림처럼 잠이 들어버렸습니다. 그런 후에도 삼인전과 나는 새벽 세 시까지 통음을 하며 눈물점의 화가가 외는 『법성계』와 『천수경』을 고즈넉한 기분으로 듣고 있었습니다. 빗소리는

her red lips and manicured nails pulling at the gui-
tar strings. I stared at her closed eyes and long
eyelashes, and the sky blue earrings that hung from
her ears. I choked up and realized—I still had the
sensitivity to be moved by beauty. Didn't someone
say that only the past is beautiful? If so, then I think
I was reflecting on the past.

In-ok and the tear-marked woman kept egging
her on and after finishing another drink and anoth-
er song, the owner passed out on the floor. They
covered her with the seat cushions they'd been sit-
ting on and then she fell sound asleep, becoming
still as if she were a painting. The three exhibition
artists and I continued drinking heavily until 3 A.M.
We listened quietly as the tear marked woman re-
cited "Dharma Nature Gatha" and "The Thousand
Hand Sutra." As the night went on the sound of the
rain got louder.

Do you know what I was thinking in that state of
nirvana? It, too, was probably like a natural dye,
but I thought about the hue of moss green, the un-
forgettable hue in my memory. Spring. Ten years
ago. The hue of moss green that closed upon me
as I idled away at Seonunsa's Seoksangam Hermit-
age. In other words, the hue of March. When the

시간이 갈수록 안으로 차들어오고 있었지요.

그 적멸하는 시간에 내가 무슨 생각을 하고 있었는지 당신은 아시는지요? 그것도 천연염료 같은 것일 테지만 다름 아닌 연두색, 바로 그 추억의 빛깔에 대한 것이었습니다. 십 년 전 봄, 내가 선운사 석상암에서 문지방에 목을 걸고 자빠져 있을 때 찾아들었던 연둣빛, 그러니까 3월의 빛을 말이지요. 당신은 그 연둣빛의 시간이 내 몸을 한참 달구고 있을 때 나를 찾아왔던 것입니다. 당신은 맨발에 집에서 어머니가 신던 흰 고무신을 신고 있었지요.

연두

십 년 전이면 우리가 스물여섯 살 때군요. 돌아보니 참으로 기막힌 세월입니다. 그때 얘기를 하려면 우선 인옥이 형과의 인연부터 짚어봐야겠군요. 아셨겠지만 인옥이 형은 고등학교 때 내 담임선생님이었습니다. 내가 대학에 들어가고 나서 인옥이 형은 학교를 그만두고 포천 산정호수 근처에 있는 폐가를 사들여 개조한 다음 짐을 싸들고 들어가 그림을 붙잡고 늘어졌지요. 다음

28

days of moss green were heating up my body, that's when you came to me. You were standing there sockless in your mother's white rubber shoes.

Moss Green

Ten years ago, you and I were twenty-six. Looking back, it's quite amazing how long it's been. If I'm going to talk about the past, then I guess I'll have to start with when I first met In-ok. You probably knew this, but In-ok was my homeroom teacher back in high school. After I entered university, In-ok quit his job and bought an abandoned house near Sanjeong Lake in Pocheon. After renovating it, he packed everything up, moved in, and immersed himself in his painting. The next year, he won an award at the National Art Exhibition and the year I finished my mandatory military service and re-enrolled at university, he opened his first solo exhibition. That's the day that you and I first met. It's also the day that Mr. In-ok Baek, my teacher, became newly known to me as In-ok *hyeong*. Since he was ten years older than me, it suited me fine whichever way, but to call your once high school homeroom teacher "older brother," well, you couldn't say

해 국전에 입상하고 내가 군에서 제대하고 복학하던 해 첫 개인전을 열었습니다. 당신과 내가 만난 것도 바로 그날이었죠. 더불어 그날 나는 '백인옥 선생님'이라는 사람 대신 '인옥이 형'이라는 사람을 새로 알게 됩니다. 나보다 열 살 위니 경우에 따라선 이래도 저래도 좋겠지만, 고등학교 때 담임선생님을 형이라고 부르는 것은 어쨌든 도리라고 할 수는 없을 겁니다. 하지만 인옥이 형의 그 황소고집 잘 아시지 않습니까? 내가 왜 샌님이야 오늘부터 형이라고 불러, 라며 무턱대고 윽박지르는데야 나도 더 이상 배겨날 수가 없었지요. 딴에는 군에서 제대한 대접을 해 준다고 그랬던 걸 겁니다.

당신은 인옥이 형의 고종사촌 동생이었습니다. 그때가 아마 2월 중순이었죠? 그렇습니다, 인옥이 형의 첫 개인전이 열리던 날 우리는 만났습니다. 나는 상고머리로 사 학년 일 학기에 복학할 준비를 하고 있던 참이었지요. 당신은 영문과 대학원에 다니며 조교 노릇을 하고 있다고 했습니다. 솔직히 나는 당신이 언제 왔는지조차 모르고 있었습니다. 그날도 여지없이 술자리가 있었지요. 그리고 자정이 지나서야 인옥이 형과 나와 당

it was really proper. But you know how stubborn In-ok can be. He suddenly started harassing me, asking why he was still my teacher, and then told me to call him older brother from now on. So there was nothing I could do about it. He probably wanted to treat me as an adult now that I had completed my military service.

You were In-ok's first cousin on his dad's side. It was probably mid-February, right? Yes, it was. We met on the opening day of In-ok's solo exhibition. My hair was still in its buzz cut, and I was getting ready to register for the first semester of the fourth year of my degree. You said that you were doing a Masters in English Literature and working as a T.A. To be honest, I didn't even know when you'd arrived. We went out for drinks that night, of course, and I remember that after midnight, it was only you, In-ok, and me that were left. I'm not really sure why I stayed until then. Since high school, In-ok relentlessly tried to urge me into pursuing painting, and I think he was doing the same again that night. Contrary to In-ok's hopes, I hadn't gone into fine arts. But while preparing to resume my studies, I was being drawn back to color paints. Sitting in a tented cart bar, the three of us ate

신 이렇게 셋만 남게 되었던 걸로 기억합니다. 왜 내가 그때까지 뒤에 남아 있었던가는 확실치 않습니다. 고등학교 때부터 내게 죽어라 그림을 시키려던 인옥이 형이 그날도 내 뒷덜미를 쥐고 있었던 것 같습니다. 나는 인옥이 형의 뜻대로 미대에 가지는 않았지만 복학을 앞두고 다시 슬그머니 물감색에 끌리고 있을 때였지요. 포장마차에 앉아 우리는 학꽁치구이에 소주를 마셨지요. 그때까지 서로 인사조차 나누지 않아 나는 당신을 인옥이 형의 후배쯤 되는 사람으로 짐작하고 있었습니다.

"그래 복학하고 졸업한 다음엔 뭘 할 건감? 여학교에 가서 폼 잡고 붙어 가르칠 건감?"

인옥이 형은 벌써 어지간히 취했는지 혀가 말려 있었지요.

"글쎄요, 전공을 바꿔 천문학과나 갈까 생각 중예요."

"흠…… 전방에서 별을 많이 보고 온 모양이구나."

괜히 쓸쓸한 얼굴이 되어 더 이상 묻지 않았지만 인옥이 형은 아직도 내게 무슨 미련이 남아 있는 모양이었습니다.

"그림을 했으면 너한테 란영이를 주려고 했는데 말이

grilled mackerel and drank *soju*. We hadn't been introduced yet, so I just assumed that you were one of In-ok's juniors or something.

"So, after re-enrolling and finishing your studies, what are you going to do?" Are you going to dress up all fancy and teach French at an all-girls' high school?"

In-ok must have already been pretty drunk because he was slurring.

"I'm not sure. I'm thinking of changing my major to Astronomy."

"Hmm...seems you did a lot of stargazing at the front line."

In-ok's face became sad and he stopped asking questions, but it seemed like he still held out hope for me.

"I was going to give you Ran-young if you'd pursued painting."

I had no idea what that meant so I just stared down vacantly into my clear *soju* glass. Ran-young? I thought it was just the name of some rare paint. And since you just sat there listening to us, how was I supposed to know that it was your name? That day, you'd arrived late coming up from Go-chang.

야."

　그게 무슨 뜻인지를 몰라 나는 투명한 소주잔만 멀건히 내려다보고 있었습니다. '라녕이'가 뭔지, 그저 어디서 구하기 힘든 물감 이름인가보다 싶었지요. 그런데다당신마저 가만히 그 말을 엿듣고만 있었으니, 그게 바로 당신의 이름이란 걸 내가 어떻게 알았겠습니까? 당신은 그날 고창에서 뒤늦게 올라온 참이었지요.

　당신의 첫인상이 어땠는지 알고 싶지 않으십니까? 머리 좋은 미인들이 대개 그렇듯이 당신은 가슴을 꼭꼭여며놓고 절대로 감정을 겉으로 드러내지 않는 타입입니다. 말투는 정확한 발음으로 한마디씩 끊어져 나오고상대에게 질문 같은 것은 잘 하지도 않습니다. 그렇게빈틈이 없어 짱짱해 보이는 데다 자존심인지 자신감 때문인지 화장 따위도 하지 않지요. 그런 여자 눈에 나 같은 남자들이 얼마나 어리숙해 보이는지 잘 알고 있습니다. 솔직히 말하면 나 또한 그런 여자들은 마음이 불편하고 숨이 차서 좋아하질 않습니다. 적어도 당신 이름이 최란영이라는 사실을 알기 전까지는 그날도 그랬습니다. 또한 당신의 목소리를 듣기 전까지는 말입니다.

Do you know what your first impression was like? Just like all smart, beautiful women, you're the type that carefully conceals her heart and doesn't let her emotions show. Your pronunciation is exact, your words staccato, and you seldom ask questions about the other person. You're strong and impenetrable, and whether it's due to pride or confidence, you don't wear any makeup. I know exactly how foolish guys like me must look like to girls like you. But to be honest, I didn't like those types of girls because they can be uncomfortable and suffocating. Until I found out that your name was Choi Ran-young, and also until I heard your voice, that's what I thought of you.

I'm only saying this because your voice came up, but when you and In-ok were chatting, I suddenly got the feeling like you were a woman who always had a fire burning inside of her. Lost in this thought, I carefully looked past In-ok and began to look at you. Your straight, shoulder-length hair and stone-cold, porcelain face. Your impassive profile, and the black darkness that I saw behind you, outside of the tented cart. In-ok got up and staggered out to the washroom. When he didn't return even after thirty minutes, you began to grow a bit anx-

목소리 얘기가 나와서 하는 말이지만 당신이 인옥이 형과 두런두런 얘기를 나누고 있을 때 나는 불쑥 이런 느낌을 받고 있었더랬습니다. 아, 이 사람 마음속엔 늘 화톳불이 타고 있구나라고 말입니다. 그런 느낌에 빠져 나는 슬그머니 인옥이 형을 건너 당신을 바라보았지요. 생머리 단발에 흰 얼굴이 무척 차가워 보였지요. 그 무표정한 옆모습 뒤로 내다보이던 포장마차 밖의 검은 어둠. 그리고 오줌을 누고 오겠다며 비틀비틀 밖으로 나갔던 인옥이 형이 삼십 분이 지나도 돌아오지 않았을 때 당신은 조금 당황하고 있었습니다. 그때가 한 시 반이었던가요. 소주는 반 병쯤 남아 있었고 2월의 밤바람에 주황색 포장마차 지붕이 이따금씩 펄럭대고 있었지요. 인옥이 형이 그냥 갔나보다 싶어 나는 별생각 없이 바래다 주겠다고 하며 당신을 돌아봤지요. 그때 당신이 내게 했던 말을 지금도 생생히 기억합니다.

"왜 오빠가 먼저 갔을 거라고 상상하는 거죠? 뭘 착각하고 계신 거 아녜요?"

따지고 드는 그 짱짱한 말투에 나는 신경이 조금 곤두서 있었을 겁니다. 그걸 눈치챘는지 어쨌는지 얼마

ious. It was about 1:30 A.M. There was about half a bottle of *soju* left and the orange roof of the tented cart flapped every now and then from the February night wind. Thinking that In-ok must have just left, I turned towards you and said I'd take you home. I didn't mean anything else by it, but I still remember clearly what you said to me.

"Why are you imagining that he left? Are you deluding yourself into thinking there's something going on here?

I probably became edgy upon hearing you come at me in your strong tone. But whether it was because you picked up on it or not, you quietly added,

"Then let's just wait until this bottle is finished."

I shut my mouth and waited silently for the bottle to empty. I think I misinterpreted your words to mean that you would finish it yourself. I guess I was dense and stupid even back then. After another thirty minutes had passed, the half bottle just sat there, not a single drop emptied. But I was patient and waited. In the end, you looked at your wristwatch and saw that it was past 2 A.M.

"Are you doing this on purpose?"

Then in a fairly violent manner, you poured a

후 당신이 슬그머니 덧붙였지요.

"그럼 병이 빌 때까지만 기다려보죠."

나는 입을 다물고 병이 빌 때까지 그저 묵묵히 기다렸지요. 나는 당신이 남은 술을 마저 비우겠다는 뜻으로 알아듣고 있었던 것 같습니다. 나라는 사람은 이제 나저제나 매양 미숙하고 어리석은 모양입니다. 그로부터 또 삼십 분이 지날 때까지 병에 남은 술은 한 잔도 비워지지 않은 채 그대로였습니다. 하지만 나는 참을성 있게 술병이 비기만을 기다리고 있었지요. 이윽고 두 시가 되자 당신이 손목시계를 내려다보고 나서 말했습니다.

"일부러 그러시는 거예요?"

그러고는 사뭇 신경질적인 동작으로 소주를 따라 냉큼 입에 털어 넣었습니다. 뭐가 말입니까? 라고 물으려다 나는 그제야 당신이 말한 뜻을 겨우 알아차렸습니다. 이제는 그만 돌아가야겠다는 뜻이었습니다. 당신이 거푸 두 잔을 마시고 내가 한 잔을 마시자 소주는 병 바닥에 반 잔쯤만 남게 되었습니다. 당신은 술에 약한 사람이었습니다. 소주 두 잔에 손톱까지 금세 붉어졌습니

shot of *soju* and downed it. I was going to ask you what you'd meant, but then I figured it out. It meant that it was time for us to leave. After you had two more shots in succession and I had one, there was about half a shot left. You weren't a strong drinker. After two shots of *soju*, even your fingernails flushed red. Then I probably said something like,

"It seems like In-ok's already left. If it's okay with you, let's have another bottle."

I don't think I said that because I wanted to drink more. If you really want a reason, then it was because of your reddened nails. After I caught a glimpse of the hidden fire within you from your fingernails, I suddenly wanted to talk to you. You looked at me in disbelief.

"You're not as naïve as you look. And here I thought you were just another hopeful university reject."

So what if I'd failed my first university entrance exam? After all, I was in no position to deny it. Whatever the case, I took it as a yes and ordered us another bottle. That's when our conversation really started to flow, and that's when I found out that your home was near Seonunsa.

"I traveled here and there while preparing to re-

다. 그때 내가 이렇게 말했을 겁니다.

"인옥이 형은 벌써 간 듯합니다. 괜찮다면 한 병 더 하고 가죠."

술이 더 먹고 싶어 그랬던 것 같지는 않습니다. 군이 까닭을 들라면 그 붉은 손톱 때문이었을 겁니다. 그때부터 당신과 갑자기 얘기가 하고 싶어졌던 것입니다. 당신한테 감춰져 있던 그 화톳불을 손톱에서 훔쳐본 다음부터 말이지요. 당신은 어이없는 눈으로 나를 쳐다보았지요.

"보기완 달리 보통이 아니시군요. 아까는 재수생인 줄만 알았는데요."

재수생이면 뭐 어떻습니까. 따지고 보면 아니라고 할 수도 없는 신세였지요. 아무튼 그럼 괜찮다는 뜻이구나 싶어 나는 소주 한 병을 더 달라고 했습니다. 당신과 말문이 트인 것은 그때부터였지요. 당신의 집이 선운사 근처라는 것도 그래서 알았습니다.

"재수할 때 여기저기 떠돌다 선운사 석상암에서 며칠 묵은 적이 있습니다."

내가 이렇게 말하자 당신은 또 말을 비틀었지요.

take my exams and spent a couple of days at Seoksangam."

As soon as I said this, your words had a sting again.

"So it's true that you retook your exams. And during the 80's nonetheless."

"This may sound like an excuse, but I changed my major in my senior year of high school so there was nothing I could do about it."

"And you changed your major senior year. Why? Did you suddenly develop a distaste for painting?"

"Back then, the whole world looked black and white and I felt nauseous just looking at color paints."

"Is that one of the side effects?"

"Stop being so sarcastic. Everybody's different, but there are definitely cases like this."

"Then I guess you weren't lying when you said you were switching your major to Astronomy."

"Not everything can be separated into truth and untruth. There is such a thing called the grey area and there's always things that you can't see with your eyes. After all, isn't this also how a person's heart works? For example, even now, I'm staring at a glittering star, shining in a pitch-black sky."

"재수를 한 게 역시 사실이군요. 그것도 하필이면 80년도에 말예요."

"변명이 되겠지만 고3 때 진로를 바꾸는 바람에 피할 수가 없었습니다."

"고3 때 진로를 바꾸기도 하구요. 왜요, 갑자기 물감이 싫던가요?"

"그땐 세상이 다 흑백으로 보였기 때문에 물감만 보면 헛구역질이 나오더군요."

"그런 증상도 있군요?"

"자꾸 그런 식으로 말하지 마십시오. 사람에 따라선 분명 그런 증상도 있는 거니까요."

"그럼 천문학으로 전공을 바꿀 거란 얘기도 사실인가 보네요?"

"모든 일이 그렇게 사실과 비사실로 나누어지는 건 아닙니다. 그 중간이라는 것도 있고 눈으론 당최 안 보이는 부분도 있게 마련이니까요. 요컨대 사람의 마음이라는 것도 다 그렇게 생겨먹질 않았습니까. 이를테면 지금도 나는 캄캄한 하늘에 떠 있는 별을 보고 있다 이 말입니다."

"Are you trying to seduce me right now?"

I looked down at your fingernails that looked as though they'd been dyed red with garden balsams, and replied,

"For a while now, I've been thinking that it was the other way around."

You let out a low groan and called me a sleaze. But in that moment, I don't know why my feelings started to burn violently for you. The smell of burning carbide permeated the tented cart. Your face immediately turned pale and you began trembling like a wild animal. You were probably angry and shocked.

We left the tented cart bar when the bottle of *soju* was half empty like the previous one had been. You said that you had to go to your aunt's place in Bongcheon-dong. You were going to head down to Gochang in a couple of days, and come back up to Seoul near the start of the new semester. While we were walking to the cabstand, I slid my arm across your shoulders. But instead of quietly letting me, you stung back once again.

"Wow. You're really making a pass at me using the work of Erich Fromm? Something you learned in your undergrad Liberal Arts classes? Why not try

"……지금 절 유혹하는 거예요?"

나는 봉숭아꽃물을 들인 것 같은 당신의 손톱을 내려다보며 되받았지요.

"아까부터 나는 그 반대라고 생각하고 있는 중입니다."

이어 엉터리 같은 자식! 하고 당신의 입에서 나직한 신음이 흘러나왔지요. 한데 그 순간 왜 내 마음속에서 당신에 대한 연정이 불같이 치솟았는지 모릅니다. 포장마차 안에서는 카바이드 타는 냄새가 나고 있었지요. 당신은 금세 낯빛이 창백해져 짐승처럼 어깨를 떨고 있었습니다. 화도 나고 당황도 했겠지요.

아까처럼 소주 반 병이 남았을 때 당신과 나는 포장마차에서 나왔습니다. 당신은 봉천동에 있는 이모 집으로 가야 한다고 했지요. 이틀 후 고창으로 다시 내려갔다가 개학할 때쯤 서울에 올라올 거라는 얘기였습니다. 택시 정류장을 찾아 내려가며 내가 슬그머니 어깨에 손을 두르자 당신은 가만히 있는 대신 또 가시 돋친 말을 던져왔지요.

"흥, 겨우 교양학부 때 읽은 에리히 프롬 따위를 가지

focusing on your major a little more?"

"I've just decided on my new major, and it's you, Choi Ran-young."

"Try again after you've grown a little more hair, Mr. University Reject! I have no intention of accepting any new applicants."

I don't know what I was thinking, but I suddenly grabbed you by your collar and pushed you up against the store shutters. A passerby might have thought I was a drunken mugger. The metal shutters that were pressed up against your back grinded under the weight of my force.

"Tomorrow, I'm going to go straight down to Seonunsa! I'm going to shave my head and wait at Seoksangam. Either you flunk me or you change your major too. If you don't, then for the rest of my life, I'm going to hang around your house and strike a wooden *moktak* like a monk."

Trembling, you stared at me for a while. Then, in a pacifying tone, you said that it was bad timing.

"Why do you have to start something at a time like this?"

"You control your own timing."

I didn't back down and pressed you further. And if that wasn't enough, I think I added in a menacing

고 수작을 걸어. 전공과목이나 제대로 할 것이지."

"안 그래도 방금 전공과목을 확실히 정한 참입니다. 최란영 당신으로 말입니다."

"머리털부터 기르시지, 재수생 아저씨! 수강신청은 받지도 않을 테니."

무슨 생각을 했음인지, 순간 나는 당신의 멱살을 잡고 가게 셔터에다 밀어붙였지요. 누가 보면 아마 술 취한 노상강도쯤으로 생각했을 겁니다. 셔터가 내 힘에 밀려 당신 등에서 금속음으로 마구 출렁거렸지요.

"내일 당장 내가 먼저 선운사로 내려가겠다! 머리를 밀고 석상암에 들어가 있을 테니 유급을 시키든지 너도 전공을 바꾸든지 맘대로 해! 안 그러면 평생 네 집 앞을 지나며 목탁을 두드려댈 테니."

당신은 벌벌 떠는 얼굴로 한참이나 나를 노려보더니, 하지만 때가 좋지 않잖아요, 라며 겨우 달래듯 대꾸했지요.

"하필이면 왜 이런 때 사람한테 승부를 걸어요."

내 때는 내가 알아서 정해! 라고 나는 물러서지 않고 당신을 내처 몰아붙였지요. 그러고 나서도 모자라 협박

tone,

"Hey, you've got me all wrong. When I decide on a major, I'm a person who stakes my life on it!"

You scowled but regained your composure and continued,

"Aren't you just doing this because you're feeling anxious?"

"You're right. Since the moment I was born, I've lived off of anxiety. So that's why it's all or nothing this time. I don't know what today is, but it's divine providence. It seems like I've finally met my soul mate."

I know how irrational I sounded, but it was the complete and honest truth. You insisted on going alone, and after I grabbed you a cab, I stood at the end of an alley, throwing up pure *soju* while my whole body shook. My sudden, reckless love had started.

It was when I woke up before dawn the next morning that I realized my feelings were an un-avoidable truth. I kicked off my blanket, went to the bathroom, got a razor and a pair of scissors, and shaved my hair right down to the skin. Then I raced to the express terminal and got on a bus headed for Jeongeup. I got off at Jeongeup, made a

조로 또 이랬을 겁니다.

"이봐, 사람 잘못 봤어. 전공만 확실히 정해지면 나 거기다 목숨 거는 사람이야!"

당신은 짐짓 노한 얼굴로 그제야 침착하게 되받았지요.

"괜히 자기가 불안하니까 아무나 붙잡고 이러는 거 아녜요?"

"그래, 태어난 순간부터 지금껏 내내 불안만 먹고 살아왔다. 그래서 이쯤에서 사생결단을 하려고 한다. 오늘이 무슨 날인지 모르겠지만 천우신조로 그래, 오늘에야 내가 임자를 만난 것 같다."

그게 얼마간 억지였다 해도 그때 내 마음이 그랬던 건 분명한 사실입니다. 굳이 혼자 가겠다는 당신을 먼저 택시에 태워 보낸 다음 나는 골목 끝에 서서 울컥울컥 생소주를 토하며 치를 떨고 있었습니다. 그다지도 갑작스럽게 시작된 무모한 사랑 때문에.

내 감정이 피할 수 없는 진심이란 걸 깨달은 건 다음 날 새벽에 잠이 깨서였습니다. 나는 후닥닥 자리를 차고 일어나 욕실에 들어가 가위와 면도기로 머리를 파랗

stop at Heungdoek then arrived at Seonunsa at around three or four in the afternoon. Without stopping to catch my breath, I ran past the Maebul Buddha relief that was carved into the rock near Dosolam Hermitage, climbed up the rocky trail beside it, and made my way up to Nakjodae lookout point to catch the sunset. Then I came back down to Seoksangam and went inside with my muddied shoes still on. When I think that there was a period like that in my life, it seems distant, like an old legend.

I wasn't in any position to assume you would come. But it's not like I went down there because I thought you would. Back then, my heart was overwhelmed just knowing that I was lying near your home in Gochang. Day in and day out, I lay there with my head on the threshold of Seoksangam, focusing on the fire within me, wondering if it would ever burn out. Watching the azaleas that had just started blooming in the mountains, I thought about your red fingernails. Even after two weeks, there was no sight of you. Looking at the calendar, it was nearing the time for classes to resume.

Then, one morning, as I still lay sleeping, I suddenly heard the strange murmurs of something I

게 밀어버린 다음 고속터미널로 달려가 정읍으로 가는 버스에 올라탔지요. 정읍에 내려 흥덕을 거쳐 선운사에 도착한 시각은 대략 오후 서너 시. 나는 숨을 돌릴 사이도 없이 달려 도솔암 마애불을 옆으로 툭 치고는 바위 고랑을 타고 올라가 낙조대에서 떨어지는 해를 보고 나서, 다시 석상암으로 내려와 흙 묻은 신발 그대로 요사채로 들어갔지요. 지금 생각하면 내게 그런 시절이 있었다는 게 마치 전설처럼 아득할 뿐입니다.

당신이 찾아오리란 장담은 할 수 없는 형편이었습니다. 또 그걸 믿었대서 내려온 것도 아니었습니다. 그 당시 나는 당신이 안거하고 있는 고창 땅에 누워 있다는 것만으로도 가슴이 벅찼으니 말입니다. 허구한 날 문지방을 베고 누워 나는 언제 꺼질지 모르는 내 화톳불만 눈을 부릅뜨고 바라보고 있었지요. 산에 막 피기 시작한 진달래를 보듯이 당신의 붉은 손톱을 떠올리면서 말입니다. 보름이 지나도록 당신은 감감무소식이었습니다. 달력으로 치면 개학 무렵이었을 겁니다.

그러던 어느 날 아침에, 나는 문득 잠든 내 얼굴에 감겨드는 이상한 빛의 속삭임을 듣고 있었지요. 그것은

couldn't quite describe, caressing my face. It was soft and delicate, and felt full of life. Listening quietly, I heard what sounded like a small needle tapping against the sliding paper door at my head. I listened for a while until I slowly opened my eyes. And my amazement in that moment! How could I have imagined that it was the sound of the moss green spring sunlight glaring through the sliding paper door? I had confessed to you before that there was a time when everything looked black and white. And then I told you that it was from your body that I first saw pink. And then, the brilliant moss green. Perhaps it was from the new spring, and from you, that I discovered my adulthood since these were the first two natural colors I'd witnessed since becoming an adult. I closed my eyes again and lay there like a stone Buddha. Slowly, the warm hue of the morning that had enwrapped my face began to recoil and the delicate tapping sound on the rice paper subsided.

Everything became clear to me. It was the sound and color coming from you as you approached from far away. As soon as you stepped into the temple grounds, the sound of the moss green vanished completely. Could the words sound and hue

아주 은은하고 부드러운 생기가 느껴지는 빛이었습니다. 가만히 듣고 있으니 머리맡 문살 창호지에 바늘 끝 같은 것이 타닥타닥 튀는 소리 같았습니다. 오래 그 소리에 귀를 던져두고 있다가 나는 슬그머니 눈을 뜨고 보았지요. 그 순간 나는 얼마나 놀랐던지요. 그것이 문살 창호지를 투과해 들어오는 연둣빛 봄햇살 소리였다는 걸 어떻게 알았겠습니까. 당신에게 나는 모든 게 흑백으로 보일 때가 있다고 고백한 적이 있습니다. 그러고 나서 당신의 육체에서 처음 분홍을 보았다고 얘기한 바 있습니다. 그리고 그토록 밝은 연두. 나는 어쩌면 새로이 맞은 봄과 더불어 당신에게서 내 성인됨을 발견했는지도 모릅니다. 어쨌든 그 두 가지 빛은 내가 성인이 되고 나서 최초로 목격한 자연색이었으니 말입니다. 나는 도로 눈을 감고 돌부처처럼 누워 있었습니다. 시간이 가면서 얼굴에 휘감겨 있던 빛은 서서히 풀려나가 창호지에서 미세하게 타닥거리던 빛발 소리도 차츰 엷어졌지요.

그리고 곧 나는 알게 됩니다. 그것이 멀리서 당신이 오고 있는 소리이며 색깔이었다는 것을 말입니다. 당신

have been derived from the words "far away?" I immediately knew from the sound of the footsteps that it was you. It was also the sound that signaled that spring had just begun.

You marched straight up to the elevated wooden floor, slid the door open, came in and sat facing me, your rubber shoes still on. Your face was burning and brilliant. Your chin was quivering as you sat there, breathing heavily. Then, you suddenly grabbed me by the collar and pounded your fists against my chest, sobbing.

"Are you happy now? Who the hell do you think you are?"

That day, the monk at Seoksangam probably knew—he knew that all morning long two agonized beasts were having sex at the feet of Buddha, never once pausing until both water and fire had been extinguished.

Sorrel Weed House

The day after the exhibition, In-ok and I went to a nearby motel at around 4 A.M. after having hangover soup with the tear-marked woman and the painter in the dress suit. I suggested that we just go

이 절 마당에 들어서자 그 연둣빛의 소리는 감쪽같이 달아나 버렸습니다. 빛과 소리라는 말은 어쩌면 '멀리'라는 뜻에서 온 것이 아닐는지요. 발소리만 듣고도 나는 그게 당신이란 걸 금방 알았습니다. 그것은 바야흐로 봄이 막 시작됐음을 뜻하는 소리이기도 했습니다.

당신은 거침없이 마루로 올라와 방문을 열고는 안으로 들어와 나와 마주 앉았지요. 고무신을 신은 채로 말입니다. 당신의 얼굴은 형형한 빛으로 타오르고 있었습니다. 당신은 턱을 떨면서 한참 가쁜 숨만 내쉬고 있더니 급기야 눈물을 철철 흘리며 내 멱살을 잡고 가슴을 쿵쿵 쳐댔지요.

"이제 속이 후련해? 니가 뭔데!"

그날 석상암에 안거하고 계셨던 스님은 알고 계셨을 겁니다. 아침 내내 괴로운 젊은 중생 두 것들이 부처님 발아래서 물과 불이 다 타고 마를 때까지 정사를 치르고 있었다는 것을 말이지요.

괭이밥나무 집

삼인전이 끝난 다음 날, 인옥이 형과 나는 눈물점과

to his house in Ilsan, but In-ok was being stub-
born, saying he couldn't go home to his wife and
children in the state he was in. I didn't feel com-
fortable leaving In-ok alone in the motel room, so I
stayed with him. But I didn't feel like going home to
my empty house in Hongje-dong either. The rain
was still pouring fiercely. It had been a while since
the spring showers had come down so hard. As
soon as we made it inside, In-ok flung off just his
shoes and passed out on the floor. I did the same.

In the early morning, my eyes flew open at the
feeling of the moss green light caressing my face
again. But it was only a dream. The sound of the
rainwater dripping into a tin pail under the gutters
flooded the room. It's not something to brag about,
but it had been a while since I'd slept in a motel af-
ter drinking all night. I felt like I was on a field trip
or something. My mind still hazy, I crouched on the
floor with my knees bent to my chest and smoked
a cigarette while waiting for In-ok to wake up. But
he was already awake. I'm not sure when, but In-
ok had turned his body towards the wall and in a
still groggy voice he had said,

"Cool it with all the smoking. It's muffling the
sound of the rain."

양장 화가를 새벽 네 시에 해장국집에서 보내고 근처 여관에 들었습니다. 이러느니 차라리 일산으로 가자고 해도 인옥이 형은, 요런 맘으로 어떻게 마누라와 자식들이 도사리고 있는 집구석에 기어들어가느냐며 막무가내였습니다. 인옥이 형을 혼자 여관방에 두고 나오는 게 마음에 걸려 함께 있는 꼴이 됐지만 나도 그 새벽에 홍제동 빈집으로 들어갈 마음은 없었습니다. 비는 여전히 세차게 퍼붓고 있었습니다. 봄비가 그렇게 모질게 오는 것도 참으로 오랜만이었지요. 여관에 들자마자 인옥이 형은 구두만 겨우 벗어 던지고 방바닥에 푹 고꾸라졌습니다. 나도 사정은 마찬가지였지요.

이른 아침에 나는 다시금 그 연둣빛이 얼굴에 휘감기는 느낌이 들어 번쩍 눈을 떴습니다. 그러나 그것은 지나간 꿈이었지요. 처마 밑 물받이 양철통에 빗물 듣는 소리가 제법 요란하게 안으로 튀어 들어오고 있었습니다. 할 말은 아니지만, 밤새 술을 마시고 이렇게 여관에서 잠을 자본 적이 얼마 만인가 싶어 솔직히 수학여행이라도 온 기분이더군요. 멍하니 방구석에 무릎을 싸안고 앉아 담배를 피우며 나는 인옥이 형이 깨어나기를

I've always thought that if In-ok wrote poetry, he'd have been one hell of a poet. Poetry always seemed more natural to him than painting. Now that I think about it, perhaps that's why in high school, when In-ok had tried again and again to force me into painting, I'd gotten mixed signals from him. Paradoxically speaking, I think one of the main reasons why I started writing was because of In-ok. I loved the forlorn, poetic nature of In-ok.

"Not bad to wake up in a random motel room with my former homeroom teacher, listening to the rain."

"What do you mean, not bad? We're like living corpses."

In-ok's voice resounded from the corners of the walls and sounded like the murmurs of a ghost.

"Looking back, I feel like I've been dead for the past few years. That's what I thought when I met those people yesterday."

"You just figured that out now? You need to crawl out into the land of the living and interact with people. What makes you so special that you shut yourself up, chanting your Buddhist prayers? Do you think at their age, those people live like that because they're empty-headed? The two of

기다리고 있었지요. 하지만 인옥이 형은 벌써 깨어 있었습니다. 어느 땐가 인옥이 형이 벽 쪽으로 끄응 돌아누우며 아직도 술에 전 소리로 그러더군요.

"담배 좀 작작 피워라. 빗소리 귀에서 흐려진다."

항상 그렇게 생각하는 바이지만 인옥이 형은 시를 썼어도 아마 꽤 썼을 겁니다. 그림보다 시가 몸에 더 배어 있는 사람 같으니까요. 한편 돌아보면 고등학교 때 인옥이 형이 내게 한사코 그림을 시키려 들 때마다 종종 이율배반적이라고 느꼈던 것도 실은 다 그 때문일 겁니다. 역설적으로 말해 내가 지금 글을 쓰게 된 가장 커다란 이유 중의 하나는 바로 인옥이 형 때문이 아닌가 싶기도 합니다. 나는 인옥이 형의 그 쓸쓸한 시적 분위기를 사랑했던 것입니다.

"오랜만에 아무도 모르는 후미진 방에서 고등학교 때 담임선생님과 빗소리를 듣고 있는 것도 괜찮네요."

"괜찮긴 뭐가 괜찮어. 산송장들 같지."

인옥이 형의 목소리는 벽 모서리를 울리며 귀신이 웅얼대는 소리처럼 들려왔습니다.

"돌아보니 아닌 게 아니라 몇 년 동안 죽 죽어 산 것

you are fools."

"The two of us?"

"One of them is you, and the other is the divorced nun. Who else would it be?"

It was then that I knew that he was talking about you.

"I know she's divorced, but what do you mean by nun?"

"You ignorant bastard. You really didn't know? You'd never know anything if I didn't tell you, huh? Three years ago, she got a divorce and showed up at my studio in Pocheon carrying her son on her back. I was worried about what my neighbors would think so I set up house for her there and then I was basically kicked out to Ilsan."

I'd heard that you'd gotten a divorce, but it was that morning that I found out you were living in Pocheon.

"You still don't know her? Her bullshit way of thinking that she'd rather starve herself to death than stand in front of people in her pitiful state. A couple of months ago, the bastard came and took her son away, so now she really lives like a nun. There isn't a better word to describe her. Stubborn fool!"

같군요. 어제 사람들을 만나면서 왠지 그런 생각이 들었어요."

"그걸 이제 알았냐? 어떻게든 기어나와서 사람들하고 부대끼며 살아야지. 뭐가 잘났다고 처박혀서 염불들이나 외고 있어. 생각이 없어 나잇살이나 먹어가지고 저러고들 사는 줄 알아? 너희 둘 다 병신 같은 것들이야."

"둘이라뇨?"

"하나는 너고 하나는 이혼한 비구니지, 누구긴 누구야?"

그때서야 나는 그게 당신을 꼬집어 하는 말이라는 걸 알았습니다.

"이혼을 했으면 했지 비구니는 또 뭐예요?"

"무심한 놈, 여태 그것도 모르고 있었냐? 언제고 내가 얘기해 주지 않으면 영영 모르지? 삼 년 전에 이혼하고 나서 아들 녀석을 업고 포천에 있는 내 작업실로 왔더라. 동네 사람들 눈이 신경 쓰여 작업실을 아예 그년 살림집으로 내주고 나는 일산으로 쫓겨나온 거야."

이혼을 했다는 얘기는 들었지만 당신이 포천에 산다는 것은 그날 아침에야 알았습니다.

Even though he spoke this way I knew that deep down he really worried about you. Then, for a while, we both just sat there silently, listening to the rain. A few minutes later In-ok suddenly shot up from the floor, banging it with his hand.

"Hey! Let's go to Pocheon and drink some *makge-olli*."

I knew exactly what he was hinting at, but I couldn't immediately say yes to his proposal. It had been seven years since I'd seen you, and the more intimate two people were, the harder it is for them to meet again. Seeing me hesitate, unable to say anything, In-ok got up and started gathering his things as if I'd already given him the green light.

"Let's wash up and grab some breakfast first."

After leaving the bathhouse we ate brunch, got into In-ok's beat-up Excel, which had been parked in the rainy alley all night long, and headed towards Pocheon.

"Shouldn't we call first?"

"No need. She's always there, canned up like a pickle fermenting in its own juices."

"But still. She'll feel uncomfortable if we just barge in like that."

"Since when did a punk like you learn manners? I

"너 아직도 개를 모르냐? 그런 꼴로 사람들 앞에 나타나니 제 살을 뜯어먹고 살겠다는 지랄 같은 성격 말이야. 몇 달 전에 놈이 와서 애까지 빼내갔으니 이젠 영락없는 비구니 신세지, 뭐 달리 부를 말 있어? 독한 년 같으니라구!"

말이야 그렇게 했지만 인옥이 형이 당신을 얼마나 마음 깊이 염려하는지는 잘 알고 있을 터입니다. 그런 다음 둘이 또 입을 다물고 한동안 빗소리에 귀를 기울이고 있었나요? 갑자기 인옥이 형이 방바닥을 딱! 치며 자리에서 벌떡 일어나 앉았습니다. 그러더니.

"야! 말이 나온 김에 우리 포천에 가서 막걸리 한잔할까?"

그게 무슨 말이라는 걸 내가 못 알아들을 리 없었지요. 하지만 나는 대뜸 그러자고 할 수가 없었습니다. 당신을 못 본 게 벌써 칠 년이었으니까요. 그런데다 인연으로 만났다 헤어진 사람일수록 다시 만나기가 되레 쉽지 않은 법 아닙니까. 내가 아무 말도 못 하고 꾸무럭거리고 있자 인옥이 형은 이미 동의를 구한 사람처럼 주섬주섬 자리를 챙기고 일어났습니다.

heard you acted all Yakuza when you went down to Seonunsa."

I had no response.

"Fine. There's a restaurant that sells *maeuntang* nearby, so I'll tell her to meet us there."

On our way to Pocheon, the rain gradually tapered off but the branches blew wildly along the streets as the wind showed no signs of letting up.

"Spring is the season when life and death battle each other. Even now, the feeble elderly are probably collapsing everywhere as they watch the flowers bloom."

I don't know what he was thinking about, but after saying this, he just stared at the wet pavement that rushed past us until we arrived in Pocheon. And on that wet road heading north, I started thinking about the past again.

After we'd finally satisfied ourselves, you ran to the well barefoot, drank a couple gourds full of water, then came back and sat on the elevated floor, your face distraught. The sun had passed over to the west and was casting a shadow of the mountain across the corner of the floor.

"What's your plan now? You and I are both twen-

"그럼 목욕하고 아침부터 먹자."

목욕탕에서 나와 아침 겸 점심을 먹고 우리는 밤새 골목에서 비를 맞고 서 있던 인옥이 형의 낡은 엑셀을 타고 포천으로 향했습니다.

"전화부터 먼저 하고 가야 되는 거 아녜요?"

"그럴 필요 없어. 독 속의 장아찌처럼 늘 거기에만 처박혀 있으니까."

"그래도 불쑥 집으로 들이닥치면 불편해 할 텐데요."

"니가 언제부터 그렇게 예절 바른 놈으로 변했냐. 선운사로 내려갈 때는 야쿠자 행세까지 했다면서."

"……."

"알았어. 근처에 매운탕집이 있으니까 글루 불러낼게."

포천으로 가는 도중에 비는 서서히 그치고 있었습니다. 하지만 바람은 조금도 이울지 않고 거리의 나뭇가지를 사납게 흔들어대고 있었습니다.

"봄은 삶과 죽음이 만나 다투는 계절이야. 지금도 힘없는 노인네들이 도처에서 꽃을 보며 쓰러지고 있을 거야."

ty-six."

I was still lying naked in the room when you asked this. Your back was turned to me. I hadn't had a chance to even think about tomorrow, so even though I sat up, I couldn't say anything. After some time, I think I barely managed to reply with something like,

"We'll go up to Seoul tomorrow and find a place together. What else is there to do?"

You glared at the front yard and replied in a coarse voice,

"And after that, are you suggesting that we roll around like beasts, day in and day out?"

I was going to shoot back that, wasn't that the way everyone lives? But instead, I just looked at your slumped shoulders. Even now, I'm not sure what you wanted to hear from me. I think you wanted me to say something grand, but I had nothing prepared. And I don't think anything has changed now. As I sat there, lips sealed, not knowing what to do, you continued in a flat voice.

"You're just a poser with no plan."

Then you staggered to your feet, and left Seoksangam. The next day, I returned to Seoul. After registering for additional courses in the major that I'd

이렇게 말하고 나서 인옥이 형은 무슨 생각을 하는지 포천에 도착할 때까지 줄곧 앞에서 달려오는 젖은 포도만 바라보고 있었습니다. 그리하여 북(北)으로 가는 그 축축한 길 위에서 나는 다시금 지난 일들을 되새기고 있었습니다.

그날 정사가 끝난 다음 당신은 신발도 신지 않고 우물로 달려가 찬물을 몇 바가지나 들이켠 다음 넋이 나간 얼굴로 마루에 와 앉았지요. 그새 서쪽으로 비껴간 해가 산그림자를 던져 마루 끝이 젖어들고 있었지요.

"이제부터 어떡할 거예요? 우린 이제 둘 다 스물여섯 살인데."

방 안에 벌거벗고 누워 있는 내게 당신이 물었지요. 등을 돌리고 앉은 채로 말입니다. 내일 일까지는 생각할 여지도 없었던 터여서 나는 방바닥에서 일어나긴 했지만 얼른 대답을 못 하고 있었지요. 한참 후에나 나는 이렇게 간신히 대꾸했던 기억이 납니다.

"내일 서울로 함께 올라가 방부터 얻어야지, 어떡하긴 뭘 어떡해."

already declared, I called you a few days later and we met. It was the year of the June 29 Declaration, so from the start of the semester the atmosphere on campus had been chaotic. As wild as state affairs were, you also seemed unsettled. Perhaps it's because you had no faith in me, but your expression was dead. The only plan I could come up with was to shack up and roll around together, and even on that day, I couldn't offer anything more. It was around then that I found out you were an avid student activist, and that you were still very much involved.

After that, it became harder and harder to see you. You weren't answering my calls and even when I went to your aunt's place, you weren't there. I don't want to blame the times, but it's true that they were bad. Faced with my life and the period, I felt completely overwhelmed and even if I got over feeling inferior, I spent my days in self-torment, agonizing between irritation and doubt. When I'd entered university in 1981, I had no choice but to throw rocks and petrol bombs before I was called up for my mandatory military service. But when I picked them up a second time after restarting my studies, they somehow felt

당신은 이내 칼칼한 소리로 되받았지요. 마당을 노려보고 앉아서 말입니다.

"그러고 난 다음엔 허구한 날 이렇게 대낮부터 짐승처럼 뒹굴잔 말이군요."

그럼 사는 게 다 그런 거 아닌가? 라고 반문하려다 말고 나는 당신의 굽은 어깨만 쳐다보고 있었지요. 그때 당신이 내게서 무슨 대답을 듣고자 했는지는 지금도 확실히 알 수 없습니다. 뭔가 위대한 대답을 원했을 거란 생각은 합니다. 하지만 나는 미처 그런 대답을 준비하고 있지 못했던 겁니다. 그것은 지금에 와서도 마찬가지인 듯합니다. 내가 요령부득인 상태로 마냥 입을 봉하고 있자 당신은 맥 빠진 소리로 말했지요.

"뾰족한 수도 없는 주제에 겉멋은 들어가지고."

그러고는 마루에서 일어나 비틀비틀 석상암을 내려갔습니다. 다음 날 나는 서울로 올라와 다니던 학과에 추가등록을 하고 며칠인가 뒤에 전화를 걸어 당신을 만났습니다. 6·29선언이 있던 해니까 학원 분위기는 학기 초부터 어수선했습니다. 시국만큼이나 당신도 이래저래 어수선한 모습이었지요. 나에 대한 그럴듯한 기대가

different in my hands. Honestly, during the days of that period, it's fair to say that I didn't contribute to the fight very much. Were you disappointed in me? Or was it me that had betrayed the expectations you had of me?

When the unrelenting summer came to an end with the June 29 Declaration and the fall semester began, I went to see you. By that time, my hair had grown out quite a bit. That's when you told me that our relationship had been nothing more than you having shit luck and stumbling on rock. The person who said he loved you hadn't been by your side during the hardest time in your life. You also said that I wasn't the person In-ok had said I was.

It was the late fall of that year when I heard from In-ok, as always, that you'd fallen madly in love. He was a couple of years ahead of you in the same Master's program and was on the wanted list as an offender of the state. I still clearly remember what In-ok said to me in the bar that night.

"So it turns out you're just a good for nothing scumbag, huh? It should have been you who went with her to get rid of the baby. How could you make her go with that criminal instead?"

That night in the bar, with floors that reeked of

없어서인지 당신은 얼굴 표정부터 죽어 있었습니다. 고작해야 당신과 함께 뒹굴며 먹고사는 걸 기대하고 있던 내 입에서 그날도 뾰족한 소리는 나오지 않았지요. 당신이 꽤나 열심인 운동권이었단 사실도 그때쯤 알게 됐습니다. 그리고 아직 현역이란 사실도 말입니다.

그 후 당신을 만나는 일은 점점 어려워졌습니다. 전화도 제대로 되지 않았고 심지어는 이모 집을 찾아가도 만날 수 없었습니다. 시절 탓을 하고 싶진 않지만 분명 때가 좋지 않았던 것도 사실이었습니다. 나 또한 인생과 시대를 앞에 두고 주눅이 들 만큼 들어 있었고 자격지심은 그만두더라도 짜증과 회의 섞인 고민 속에서 날마다 자학을 일삼고 살았지요. 81년도에 대학에 들어가 나도 어쩔 수 없이 돌멩이와 화염병을 던지다 군대에 갔지만 복학해서 그것들을 집어들 때는 웬일인지 손모가지의 감각부터가 달랐습니다. 쉽게 말해 나는 그 시절 시대에 기여한 바가 없다 해도 틀린 말이 아닙니다. 당신은 그런 내가 실망스러웠던 것입니까? 아니면 내스스로가 당신이 내게 품고 있던 기대를 저버렸던 것입니까?

stale beer, In-ok beat me till the morning. If he hadn't done so, then I probably would've lost my mind.

Two years or so later, after he was released from prison, the two of you got married. A few days before your wedding, you called me up and we met for the last time at Dok-Dabang in Sinchon. It was so unexpected, but you came out with your fiancé. He had the look of a genius and was extremely handsome. No, handsome doesn't seem like the right word for it. He was skinny and wore glasses, but his face was pure and beautiful, like a Buddhist monk who hadn't known the company of women all his life. Do you know what went through my mind then? I thought, so this is a woman who can't be satisfied with just receiving love, she has to be madly in love. Half of my thoughts were probably mixed with jealousy. His face was sullen, though, as he extended his hand towards me and said in a cold tone,

"Nice to meet you. I'm Kim Un-hae."

I shook his hand and we sat facing each other, but my thoughts were complicated and I felt strange. But I was still thankful that you called me that day. Perhaps that's the charm you have. Never

지긋지긋했던 여름이 6·29선언과 함께 물러가고 가을 학기가 시작될 때 나는 어지간히 머리가 길어 당신을 찾아갔습니다. 그때 당신은 말했지요. 나를 사랑한다던 자는 내 인생의 가장 어려운 시기에 옆에 없었다고, 그러니 나와의 일은 재수 없이 돌부리에 채었던 것으로 생각한다고 말입니다. 그리고 또 이런 말도 했지요.

"당신은 인옥이 오빠한테 듣던 그런 사람이 아니야."

그해 가을이 깊어갈 무렵 나는 역시 인옥이 형을 통해 당신이 열렬한 연애에 빠졌다는 소식을 들었습니다. 상대는 같은 과 대학원 선배로 시국사범으로 수배 중이라는 얘기도 들었습니다. 그날 인옥이 형이 술집에서 내게 했던 말을 지금도 똑똑히 기억하고 있습니다.

"너 알고 보니 형편없는 깡패 새끼 아냐? 란영이가 니 애를 떼는데 왜 니새끼가 가야지 시국사범을 보내?"

그날 밤 나는 인옥이 형한테 바닥에서 악취가 올라오는 술집에서 새벽까지 실컷 두들겨 맞았지요. 그렇게라도 하지 않았더라면 나는 아마 미쳐버리고 말았을 겁니다.

이 년인가 뒤에 당신은 감옥에서 나온 그 선배와 결

intimidated and always honest and confident. But as the time passed, the good feelings and expectations I had towards your future husband gradually started to wane. We were talking and drinking coffee for about ten minutes when he suddenly got up and spoke to me.

"Look here. This meeting has gone on long enough. Let's not cross paths again. It's uncomfortable for all of us. Don't bother coming to the wedding, either."

You were sitting there, not knowing what to do, and he grabbed you and took you out. I was alone in the coffee shop, like someone whose visitation hours had just ended, and I started mumbling foolish words to myself. *I didn't want to be with you for a long time, I just wanted to remember you for a long time.*

I already knew that you'd gotten divorced.

Once, in a drunken frenzy, I heard In-ok lashing out about it.

"Cheap bastard. After all this time, he suddenly drags up the past of a girl as pure and loving as her? And after having a kid with her? It was fine when he was receiving support from her in prison, but now that he's living the good life? She didn't know that he was an opportunist who lurked

혼을 했지요. 결혼하기 며칠 전에 당신이 내게 전화를
걸어와 신촌에 있는 독수리다방에서 마지막으로 우리
는 만났습니다. 미처 예기치 못한 일이었는데 당신은
남편 될 사람을 데리고 나왔더군요. 누가 봐도 수재형
으로 보이는 매우 잘생긴 사람이었습니다. 아니, 잘생
긴이란 표현은 어쩐지 맞지 않는 것 같군요. 비록 안경
을 끼고 비쩍 마른 모습이었으나 그는 어려서부터 평생
여자를 모르고 산 스님처럼 맑고 아름다운 얼굴을 가진
사람이었습니다. 그때 내가 마음속으로 무슨 생각을 하
고 있었는지 아십니까? 아, 이 여자는 누군가를 지독히
사랑해야 하는 사람이지 사랑을 받는 것만으로는 안 되
는 사람이구나. 아마도 반은 질투 섞인 생각이었을 겁
니다. 그 사람은 무뚝뚝한 얼굴로 반갑수다, 나 김운해
요라며 내게 찬 손을 내밀었지요. 얼결에 악수를 하고
마주 앉았지만 마음은 더없이 묘하고 착잡했지요. 하지
만 그날 당신이 나를 불러내 준 것이 한편 고맙기도 했
습니다. 그것이 당신이 가지고 있는 매력인지도 모릅니
다. 언제나 주눅 들지 않고 솔직하고 당당한 거 말입니
다. 그런데 시간이 갈수록 당신의 남편 될 사람한테 가

around big social events. It's because of scumbags like that that innocent victims get covered in filth."

Every time he got worked up like that, it pained me to hear, but there was already nothing we could do about it. In fact, what's the point of me going on and on about this even now? People have periods in their lives, but I guess there's also fortune and destiny, even fate.

After losing you, I lived my life in self-confinement. This is probably why In-Ok calls me "Moldy." That day, after going to the exhibition, I think I realized why I was moldy. I realized that from now on, if I have something to work out, I need to do it in the company of people. If I hadn't come to this realization, I would never have been able to conceive going to see you, no matter how hard In-ok tried talking me into it.

By the time we neared Pocheon I was extremely nervous. I couldn't help suddenly thinking about what you must have been feeling, huffing like an angry beast, your face red like a camellia, as you charged into my room at Seoksangam to see me.

Before I had time to prepare myself, In-ok raced into the parking lot of the *maeuntang* place. Then he called you up and shouted, "Hey! Come out! I've

졌던 호감과 기대가 점점 사그러들었습니다. 커피를 마시며 한 십 분쯤이나 얘기했나요. 그가 불쑥 자리에서 일어나며 이랬지요.

"형씨, 이만하면 세상도 바뀔 것 같으니 우리 더 이상 만나지 맙시다. 서로 찝찝하지 않수. 식장에도 가능한 오지 말기요."

그러더니 옆에서 어쩔 줄을 모르고 있는 당신을 데리고 밖으로 나갔지요. 면회 온 사람을 보내고 난 뒤처럼 다방에 혼자 남아 나는 이런 가당찮은 소리나 중얼거리고 있었지요. 그래, 나는 너를 오래 만나기보다 오래 기억하길 원한다.

당신이 이혼을 했단 얘기는 진작에 알고 있었습니다.

"드러운 자식, 이제 와서 그 깨끗하고 사랑스런 애의 과거를 들먹거려? 애까지 깔겨놓고? 옥바라지를 받을 때는 언제고. 이젠 지가 살 만하니까? 놈이 늘 잔칫집이나 기웃거리고 다니는 기회주의자라는 걸 년이 미처 몰랐던 거야. 그런 놈들 때문에 한편 억울하게 오물을 뒤집어쓰는 사람들이 생기는 거라구."

술에 취해, 위악에 차 떠드는 인옥이 형의 이런 주정

brought the Yakuza." The call went on for about five minutes or so. I stood nervously behind In-ok and stared at the lake. But I knew that you would come.

After you arrived, I found out why the call had lasted so long. You'd been sick in bed with a cold for the past few days, and it wasn't until then that you'd finally regained a bit of strength. But because of spring allergies or something, your eyes were bloodshot and you had pink eye. You drove your Landrover to the *maeuntang* place and came in looking disheveled and wearing your home clothes. As expected, your appearance had changed a lot. But *you* were exactly the same. To be honest, on the one hand, it was a relief, but on the other, it was still sad somehow. You gave me a firm nod, then sat at the table across from In-ok and me. Then you covered your eyes with your hands and said,

"If you can help it, try not to look into my eyes? You might get pink eye."

I pretended not to notice at first, but I felt like I'd been dealt a heavy blow to the head. It was from the hoarseness of your voice. We just skipped over the point because In-ok immediately started ram-

도 들은 적이 있습니다. 그때마다 나도 마음이 괴로웠지만 이미 어쩔 수가 없는 일이었습니다. 하긴 이제 와서 또 이런 얘길 주절주절 늘어놓아야 무슨 소용이 있습니까? 사람에겐 시절만 있는 게 아니라 팔자와 운명이란 것도 있고 또한 숙명이란 것도 있는 모양입니다.

당신과 헤어지고 나서 나는 줄곧 스스로에게 갇힌 삶만 살아왔습니다. 인옥이 형이 나를 곰팡이라고 부르는 것도 다 그런 뜻일 겁니다. 그리고 그날 삼인전에 갔다가 내가 왜 곰팡이인가를 피부로 깨달았던 것 같습니다. 그때 이런 생각도 했었지요. 풀 게 있으면 사람들과 함께 풀고 살아야 할까보다라고 말입니다. 이런 생각마저 없었더라면 아무리 인옥이 형이 꼬드겼다 해도 감히 당신을 찾아갈 엄두는 내지 못했을 겁니다.

포천이 가까워졌을 때 나는 무척 긴장하고 있었습니다. 그리하여 그 옛날 선운사 석상암으로 당신이 나를 찾아올 때의 마음이 어땠을까를 새삼스럽게 짐작해 보지 않을 수 없었지요. 화난 짐승처럼 식식거리며 요사채 내 방문 앞으로 돌진해 오던, 동백처럼 붉던 당신의 얼굴.

bling on about something. But soon after, I couldn't help myself and almost asked you why your voice had become so coarse. I did end up asking you about it when we went back to your place. I found out that day that when a person goes through shock, even their voice can change.

"That's why in spring, you shouldn't stare at the light reflecting off the water. When I lived down here, I almost went blind. How bright and harsh is the spring sunlight? On our way down, I saw the water lapping in the lake. I don't know where all that clear water flows in from every spring, rippling in the sunlight without a care in the world whenever it wants."

As soon as he finished, you turned to me with your eyes still downcast and said,

"I see you're still following people around like this. Anyways, it's been a while. How have you been? I haven't read them—but I've seen your writings in the newspaper."

I already can't remember what I said in reply. I probably just nodded my head a few times. Then the *sogari maeuntang* and the bottle of *Chungha* we ordered came out and the conversation continued mostly between you and In-ok. He insisted that it

미처 마음의 준비를 할 새도 없이 인옥이 형은 매운탕집 마당으로 쌩 차를 몰고 들어가서는 다짜고짜로 당신에게 전화를 걸어 야, 나와! 야쿠자 데려왔다 하며 소리를 질러댔습니다. 통화는 약 오 분간이나 뭐라뭐라 길게 계속됐지요. 나는 초조하게 인옥이 형의 등 뒤에 서서 호수를 바라보고 있었습니다. 하지만 나는 당신이 나오리란 걸 알고 있었지요.

당신이 오고 나서야 나는 통화가 길어졌던 이유를 알았습니다. 며칠째 감기가 들어 누워 있다가 오늘에야 간신히 일어났다는 얘기였지요. 그런데다 봄철 알레르긴가 뭔가 때문에 유행성 결막염에 걸려 눈자위가 붉게 충혈돼 있었습니다. 당신은 부스스한 얼굴로, 집에서 입었던 옷 그대로 랜드로바를 끌고 매운탕집 안으로 들어왔지요. 당신의 모습은 역시 많이 변해 있더군요. 하지만 당신은 변하지 않은 그대로였습니다. 솔직히 그게 반갑기도 하고 한편으론 왠지 서글프기도 했습니다. 당신은 당차게 내게 고개를 끄덕이곤 상을 가운데 두고 인옥이 형과 나를 마주보고 앉았습니다. 그러고는 손으로 눈을 가리는 시늉을 하며 말했지요.

was fine if you didn't drink since you had pink eye, but you said a little was okay and then took up your shot glass. I remember every word that was said between you two that day.

"It's hard on your own, huh?"

No answer.

"If it's hard, then say it's hard."

"It's hard."

"I know, it's really hard for me, too. It's hard for everyone."

No response.

"You often get lonely and sad, too, right?"

"It's been like that since high school."

"Good. All of this is good. Are you angry that I keep talking like this?"

"Of course not."

"Good. You can't be angry from now on. Everyone's been angry for too long, and full of themselves on top of that."

No response.

"It's nice to see the Yakuza after so long, huh?"

"Stop just asking me all the questions."

So the conversation rebounded to me.

"You happy to see her?"

"Well...I always am."

"자제심이 있다면 가능한 제 눈은 쳐다보지들 말아요. 눈병이 옮을지도 모르니까요."

당장엔 모른 척했지만, 순간 나는 둔중하게 머리통을 한 대 얻어맞은 느낌이었습니다. 당신의 그 서걱서걱한 목소리 때문이었지요. 인옥이 형이 걸죽하게 바로 받아 넘기는 바람에 그냥 흐지부지 지나가고 말았지만 나는 금세 자제심을 잃고 목소리가 그렇게 탁해진 이유를 물을 뻔했습니다. 나중에 당신 집에 가서 기어이 물어보고 말았지만요. 사람이 충격을 받으면 목소리까지 변할 수 있다는 것을 그날 처음 알았습니다.

"그러길래 봄엔 함부로 물빛을 훔쳐보는 게 아냐. 나도 여기 있을 때 자칫하다 소경이 될 뻔했잖냐. 봄햇살이 여간 밝고 지독하냐. 아까도 오다 보니까 호수에 물이 찰랑찰랑하더구나. 봄만 되면 어디서 그렇게 물이 맑게 차들어와 때 없이 햇빛에 물결이 요사스럽게 흔들리는지 몰라."

그 말이 끝나자 당신이 눈을 내리깐 채 나를 겨냥해 말했지요.

"아직도 이런 식으로 사람을 찾아다니시네요. 아무튼

"Look at you! Got balls, do ya? In any case, it feels good. Cheers!"

So the three of us clinked our glasses together. That's when I caught a glimpse of your hand. It was the hand of a thirty-six year old, but it was still smooth as it had always been. In-ok caught me staring, then deliberately started up with you again.

"You should put on makeup and paint your nails and accessorize yourself with this and that. You still have a pretty face so it'll still look pretty good. Maybe it's because I've gotten old, but girls like that look attractive to me now."

"No. It hasn't gotten to that point. I don't have money to open up a bar anyways."

"Then what are you going to do?"

"What skills do I have? I can only translate English into Korean."

"Then you're set. At your age, being able to earn your own living is also attractive and admirable."

"Stop making fun of me."

"I'm just stating the facts."

"Stop."

In the period of having the *maeuntang* reheated a couple of times, I think we finished about two or three bottles of *Chungha*. We weren't drunk, but we

오랜만이에요, 잘 지내셨죠? 글은 못 읽어봤지만 신문에선 가끔 봐요."

그 말에 내가 뭐라고 대답했는지는 벌써 기억이 나지 않습니다. 아마 고개를 몇 번 되는대로 주억거리고 말았을 겁니다. 이어 쏘가리매운탕과 청하가 나왔고 얘기는 주로 인옥이 형과 당신이 주고받았지요. 눈병이 걸렸으니 그만두래도 당신은 조금은 괜찮다며 술잔을 받았습니다. 그날 두 사람이 주고받던 얘기들이 마디마디 떠오르는군요.

"혼자 힘들지?"

"……"

"힘들면 힘들다고 해."

"힘들어요."

"그래, 나도 되게 힘들다. 모두 힘든 거야."

"……"

"가끔 쓸쓸하고 슬프기도 하지?"

"그건 여고 때부터도 그랬어요."

"그래, 그것도 다 좋은 거야. 자꾸 이런 식으로 말해서 노했냐?"

were more relaxed. After we finished drinking, In-ok ordered three bowls of rice to finish off a proper meal. You shook your head and said you didn't feel like eating.

"You have to eat. You know that if you skip meals, you always end up eating cold rice. Now, when I eat warm rice, I can appreciate how good it is. Don't you agree?"

"All right then."

"Good. Seems like we understand each other today. After we eat, we should go to your place and have a cup of *jakseol* tea and hang around a bit longer."

You flared up at this.

"I don't want to Plus, I haven't been able to clean for the past few days."

"I can tell your place is a mess just by looking at you. That house is yours, but it's also mine. I need to go check on the house maintenance. Plus, I need to sober up if I'm going to drive."

As if we were preparing to go to the trenches, we stuffed our faces until the rice bowls were empty. When we left the *maeuntang* place, it was slowly starting to get dark. As each of us put our shabby shoes back on and headed out, you turned

"노하다뇨."

"그래, 이제 노하면 안 된다. 그동안 너무들 노하고 살 았어. 게다가 잘난 척까지들 하고 말이야."

"……."

"어때, 오랜만에 야쿠자 녀석 보니까 반갑지?"

"그만하고 이젠 옆에다 물어봐요."

그래서 말이 되튀어 내게로 왔지요.

"반갑냐?"

"……그야 늘 그렇죠."

"얼씨구! 이것도 꼴에 사내라고. 아무튼 좋다, 자 부딪 치자!"

그래서 셋이 술잔들을 부딪쳤지요. 그때 얼핏 술잔을 든 당신 손을 보았습니다. 서른여섯 살 된 당신의 손을. 하지만 고운 티는 여전히 남아 있더군요. 인옥이 형이 그 런 나를 흘끗거리며 또 괜히 당신을 붙잡고 늘어졌지요.

"너도 이젠 화장품도 찍어 바르고 손톱에 물감도 칠 하고 몸에다 이것저것 매달아봐. 기본 인물이 있어서 아직은 어울릴 거야. 나이가 들어서 그런지 요즘엔 부 쩍 그런 여자들이 이뻐 보이더라."

to me and asked, "You okay?"

I just stared at your eyeless face.

"I'm asking if you're okay with going to my house."

"If I wasn't, would I even have thought to come here? Let's see where you live since I'm here."

I followed along the dark road behind you and In-ok. Periodically, I could hear the muddled traces of your voices drift towards me in the darkness. In-ok's speech had of course changed, and your voice was husky.

"Want me to hold your hand? Or you could grab mine."

"It's fine. I have an eye infection but it's not night blindness."

"Are you happy not holding hands with anyone?"

"I'm full, that's for sure. I don't know why I ate so much. What glory days do I expect to see by just having my stomach so full?"

"You thinking about your kid?"

You didn't respond.

"Don't feel guilty about wanting to do something for your kid right away. What's more important is what you'll be able to do for the kid later on."

"I'm not sure."

"싫어요, 아직 그 정돈 아녜요. 술집 차릴 돈도 없구요."

"그럼 뭘 해먹고 사는데."

"배운 게 뭐 있어요? 영어를 한글로 옮기는 그 정도 일이죠."

"그럼 됐어. 그 나이에 여자가 제 밥벌이 하는 것도 이쁘고 신통한 거야."

"욕하지 말아요."

"이실직고하는 거야."

"그만해요."

먹다 남은 매운탕을 두 번쯤 더 데우는 사이 청하도 서너 병 비웠던 것 같습니다. 취하진 않았지만 어느덧 기분들은 조금 풀어져 있었지요. 술을 다 마신 다음 저녁을 먹자며 인옥이 형이 공깃밥을 세 개 시키자 당신은 입맛이 없다며 고개를 살래살래 흔들었습니다.

"그래도 먹어둬. 제때제때 먹지 않으면 만날 찬밥만 먹게 된다는 거 너도 알잖아. 이젠 따뜻한 밥 먹으면 따뜻한 밥이 왜 좋은지 알겠더라. 안 그러냐?"

"그래요."

"Isn't a lack in confidence what love really is? If you're overconfident, then how is that love? That's just putting on airs."

"You're really good at consoling people. Whenever I talk with you, I feel like I'm talking to a con artist."

"Did I offend you?"

"Of course not."

"Good. If you let your own life offend you, then people will go one step further and make it miserable."

Your house was far from town. It was surrounded by wood sorrels and looked over the lake. It was a gloomy house—the type of house that even the bravest of men would easily flee from when the wind howled or when wet snow came down at nighttime. A single, dark tree stood in the yard. At first, I thought it was a chestnut tree. But I wasn't sure, so I asked In-ok.

"It's a tree that the cat crawls up, at night, and eats alone in. Got it?"

As if the heating wasn't good, the entire house had a chill to it. While you were preparing the tea, In-ok went around carefully examining the gas valves, faucets, and door locks. I sat in the living

"좋다, 오늘은 어째 너하고 얘기가 되는 것 같다. 밥 먹고 니네 집 가서 작설차 한잔 마시며 좀 더 지체하다 가야겠다."

그러자 당신은 발끈했지요.

"집은 싫어요. 게다가 며칠째 치우지도 않고 살았는데."

"지금 네 모습을 보면 치우지 않고 살았다는 거 다 알아. 거긴 네 집이기도 하지만 내 집이기도 해. 관리 상태가 어떤지 점검하고 가얄 것 아냐. 한편 술도 깨야 운전대도 잡을 거고."

무슨 전쟁터에 나가는 사람들처럼 꾸역꾸역 공깃밥까지 마저 비우고 매운탕집을 나올 때는 그새 슬슬 어둠이 내리고 있었지요. 저마다 꾀죄죄한 신발들을 끌고 밖으로 나오는데 당신이 나를 돌아보며 이랬지요.

"괜찮아요?"

나는 멍하니 눈 없는 당신 얼굴만 쳐다보았지요.

"우리 집에 가는 거 불편하지 않겠냐구요."

"그렇다면 어디 찾아올 생각이나 했겠습니까. 온 김에 어디 사는 것 좀 구경하죠."

room and looked at the photos of your son hanging on the walls, my eyes in disbelief. Did you say he would be in elementary school next year?

In-ok and I stayed until 9 P.M. Outside, the wind was still howling fiercely. It was one of those nights that you would've felt scared if you were home alone. After drinking the tea while listening to Bach, and then finishing off two apples, we got up to leave. In-ok went out first saying that he needed to give fertilizer to the wood sorrels. Suddenly, an awkward silence filled the small house. For some reason I thought that this time I should be the one to speak first, although it wasn't like I had anything in particular to say.

"I'm glad that I got to see you."

Your eyes stayed averted and your replies were almost incoherent.

"You should get married before it's too late."

"I already tried it at twenty-six so that's good enough for me."

You kept silent.

"Forgive me if I'm wrong for saying that. I didn't mean anything else by it."

"It's fine. I know what you meant."

"Not intimate, but not strangers—I'd just like to

나는 인옥이 형과 당신 뒤를 따라 밤길을 걸어갔지요.
여지없이 또 말투가 변한 인옥이 형과 당신의 허스키한
목소리가 어둠 속에서 간간이 뒤섞여 들려오고 있었습
니다.

　"손 잡아주랴? 아니면 니가 잡든지."

　"관둬요, 눈병은 걸렸지만 야맹증은 아녜요."

　"손을 안 잡아도 행복한감?"

　"배는 부르네요. 무슨 영광을 보겠다고 이렇게 혼자
배불리 먹었나 모르겠네요."

　"지금 애 생각하는 건감?"

　"……."

　"자식한테 당장 뭘 해주고 싶어 너무 안달하지 말어.
나중에 가서 어떤 모습을 보여주느냐가 더 중요한 겨."

　"별로 자신 없어요."

　"상대한테 자신 없어하는 게 한편 사랑 아닌감? 자신
만만한 게 어디 사랑이냐? 그냥 뼉다구 폼이지."

　"오빠는 참 사람 위로도 잘하네요. 오빠를 만나면 늘
사기꾼한테 속고 있는 느낌이에요."

　"그래서 시방 불쾌한감?"

see you, perhaps once every time the seasons change."

My words were in earnest and I believe that you understand what they meant. Without saying a word, you nodded your head. You followed us out into the yard with the heels of your shoes folded down and said to In-ok and me,

"You can't see it right now because it's too dark, but at the end of April, the cherry blossoms on the hill facing us are quite a sight. Come for a bowl of *makgeolli* then. It's not much but there's a wooden *pyeongsang* in the yard that we can sit on.

"That's what you call the eroticism inside you. Inviting us over like a hostess. Seems like you've finally tasted the pleasure of having company over. We should do this more often from now on. The Yakuza's invited too, right?

"I'm sure he knows."

In-ok's speech had returned to normal so he must have sobered up. Under the wood sorrels, we said our goodbyes. Did you extend your hand towards me for a handshake? And of course you didn't leave out saying,

"Wash your hands as soon as you get home. You might get pink eye."

"불쾌라뇨."

"그래, 니가 사는 일을 불쾌하게 생각하면 남들은 한 수 더 떠 불행해지는 법이여."

당신은 마을에서도 한참 벗어난, 호수가 내려다보이는 괭이밥나무 집에 살고 있었습니다. 뭇 사내들도 눈비가 오거나 바람이 심하게 부는 밤이면 밖으로 뛰쳐나가기 십상인 그런 을씨년스런 집이었습니다. 마당가엔 검은 나무가 한 주 서 있었지요. 처음에 나는 그걸 밤나무로 알았더랬습니다. 아무래도 긴가민가 싶어 인옥이 형한테 물었지요.

"밤에 고양이가 올라가 혼자 밥 먹는 나무여. 이제 알건남?"

집 안은 난방 상태가 안 좋은지 사방에 찬 기운이 배어 있었습니다. 당신이 차를 달이고 있는 동안 인옥이 형은 가스밸브며 수도꼭지며 문의 안전장치 등을 꼼꼼히 살피고 있었습니다. 나는 거실에 앉아 벽에 걸려 있는 당신 아들의 사진을 실감이 나지 않는 눈으로 바라보고 있었지요. 내년에 초등학교에 들어간다고 했나요?

당신 집에서 인옥이 형과 나는 아홉 시까지 앉아 있

In-ok and I left you at the house with the wood sorrels and sped along the night road, back towards the town and the land of the living. In-ok asked if we had been too loud. It only makes the person left behind feel lonelier in the end, he said. Then, he became silent.

That night, too, the wind thrashed the branches lining the sleeping streets. The wind continued for the next few days. As soon as I got home, I crouched into a ball and lay there, listening only to the fierce sounds of the spring winds.

Cherry Blossoms

The day I came down to Seonunsa was sometime in early April. As soon as I unpacked my bag at the Camellia Inn, I went out again to look at the cherry blossoms. Before starting my trip, I'd heard that the cherry blossoms had started to bloom in Jinhae and were moving upwards. But the cherry blossom trees that lined the road from the inn entrance to Seonunsa's ticket booth hadn't blossomed yet. This damn Earth, for whatever reason, is too sensitive. Fumbling my way around as dusk set in, I decided I might as well take a quick stroll around Seonunsa.

었지요. 밖에선 바람이 여전히 거센 소리를 질러대고 있었지요. 혼자였다면 스스로가 무서웠을 그런 밤이었습니다. 바흐를 들으며 차를 다 마시고 사과까지 두 알 먹어치운 다음 자리에서 일어날 때 인옥이 형이 괭이밥 나무에 거름 좀 줘야겠다며 먼저 밖으로 나갔습니다. 갑자기 어색한 침묵이 비좁은 거실에 감돌았지요. 그런데 왠지 이번만큼은 내가 먼저 말을 꺼내야 한다는 느낌이 들더군요. 꼭이 담아둔 말이 있었던 건 아니었습니다.

"만나게 돼서 다행이란 생각이 듭니다."

당신은 여전히 눈길을 피한 채 동문서답으로 대꾸했지요.

"너무 늦기 전에 결혼하셔야죠."

"스물여섯에 한 번 해 봤으니 그만 됐다는 생각만 하고 있었지요."

"……."

"말이 잘못됐다면 용서해요. 다른 뜻이 있어서 한 말은 아니니까."

"됐어요, 그만큼은 나도 알아들어요."

The camellias this year at Seonunsa hadn't bloomed yet either. You probably know this better than I do, but camellias are called *"Dongbaek"* because they bloom in winter, but the ones at Seonunsa are actually called *"Chunbaek,"* because they bloom in the spring. They should've bloomed by now, but a monk that I met on the temple grounds told me that this year, it was still early in the season cycles so there were only buds. When the flowers bloomed, I imagined gathering them all up and scattering them on the hill facing your house. Of course, I mean the cherry blossoms, not the camellias. Then, as if nothing had happened, we'd sit there looking at the hill and drink *makgeolli* together. It's ridiculous, isn't it? Who else comes all the way down to Seonunsa to look at the cherry blossoms? Although, that's not the only reason why I came down here. Whatever the case, to me, this place is where several paths of fate crossed for me. It seems that even if a person crosses a path by chance, they eventually end up walking that path again.

As I was coming down from Seonunsa, I thought, perhaps there was still something left unfinished between you and me. I'm not saying this because I

"멀리도 가까이도 말고 그저 계절이 바뀔 때만이라도 한 번씩 봤으면 싶군요."

내 말은 진심이었고 당신도 그런 내 마음을 잘 읽었던 것 같습니다. 당신은 말없이 고개를 끄덕끄덕했습니다. 신발을 꺾어 신고 마당까지 뒤따라 나오며 당신은 인옥이 형과 내게 이런 말을 했지요.

"지금은 캄캄해서 안 보이지만 4월 말이 되면 요 앞산에 벚꽃이 정말 가관이에요. 그때 오셔서 막걸리 한잔씩들 하고 가세요. 볼품이 없긴 하지만 마당에 평상이 하나 놓여 있으니까요."

"그걸 두고 마음의 에로티시즘이라고 하는 거야. 니가 오늘 잔치 맛을 보긴 본 모양이구나. 주모 노릇을 다 하려고 들다니. 그래, 앞으론 가끔 이렇게 살자. 그럼 야쿠자도 초대한 거지?"

"알아들으셨을 거예요."

술이 깼는지 인옥이 형의 혀는 제대로 돌아와 있었지요. 괭이밥나무 아래서 우리는 헤어졌습니다. 당신이 손을 내밀며 내게 악수를 청했던가요? 그리고 역시 이런 말도 빠뜨리지 않았지요.

want to ramble on about nonsense again. Because I still don't know what *that* something is. It's just, on that day, I felt like I'd seen something from you that wasn't there before.

It was probably the day after I arrived that another bout of rain fell. That day, I got an umbrella, walked along the cherry tree road, and visited Seoksangam. On the way there, I stopped at the Midang Poem Monument that stands near the middle of the cherry tree road. There was a poem inscribed on the stone monument, "Gate to Seonunsa Temple," written in the poet's own handwriting. I read the poem and laughed a lonely laugh; the poem somehow seemed to reflect my own situation.

Went to Seonunsa's furrow
to see Seonunsa's camellia flowers (cherry blossoms),
but it was too early for the camellia flowers (cherry blossoms),
so they hadn't blossomed yet.
The lingering 6-beat melody
of a *makgeolli* house hostess,
remained there from last year (only of that time).

"가자마자 손부터 씻어요. 눈병 옮을지 모르니까."

인옥이 형과 나는 괭이밥나무 집에 당신을 혼자 남겨
두고 밤길을 달려 다시 사람이 살고 있는 마을로 향했
습니다. 돌아오는 차 안에서도 인옥이 형은 우리가 너
무 설치고 왔나? 그럼 혼자 남은 사람은 뒤가 더 허전한
법인데, 하고는 줄곧 입을 다물고 있었습니다.

그날 밤도 바람은 아직 눈도 안 뜬 거리의 나뭇가지
들을 죽어라 흔들어대고 있었습니다. 바람은 며칠을 두
고 계속됐지요. 나는 줄곧 집 안에 웅크리고 앉아 그 사
나운 봄바람 소리에만 귀를 기울이고 있었습니다.

벚꽃

선운사 동구로 내려온 것은 4월 초하루였습니다. 동
백장 여관에 짐을 풀자마자 나는 벚꽃부터 볼 요량으로
밖으로 나갔지요. 하지만 여관 입구에서 매표소에 이르
는 벚나무 길엔 아직 꽃은 피어 있지 않았습니다. 떠나
오기 전에 이미 진해에서 올라온 벚꽃 소식을 들은 터
인데 말입니다. 이놈의 땅덩어리는 이래저래 참으로 예
민합니다. 땅거미가 지는 길을 더듬어 나는 내친김에

And in a hoarse voice, no less.

There was nobody at Seoksangam that day. The monk was on an outing and only a single Buddhist nun was sitting in the Sansingak, burning incense to the mountain spirit. In front of the Sansingak, there were a few wet daffodils that had bloomed bright yellow amidst the smell of the incense. It was quite beautiful. When I look at them now, I am slowly starting to understand why flowers are beautiful. I'm not trying to be presumptuous, but could it be that I'm also shedding my own layers one by one? And are gaps being made to be filled with new things?

Ah, yes. The thing that I saw in you that day was this gap—a gap to be filled, not by me, but by other things. What I was seeing was a beautiful hue, silently moving in and out between your gaps. In the past, you were like a smooth, brilliant bell. It was beautiful back then, but if you bury iron beneath the earth for too long, then isn't it prone to rust? Just like your voice that's now become husky? I think I know now. When a person is able to be on their own for a long time, it's not because they're strong but rather, because they are hard. The lon-

선운사까지 들렀다 나왔지요.

선운사 동백도 올해는 아직 피기 전이었습니다. 당신이 더 잘 알겠지만 선운사 동백(冬柏)은 기실 춘백(春柏)이지요. 해도 이때쯤이면 피는 법인데 올해는 절기가 일러 아직 봉오리뿐이라고 경내에서 만난 스님이 말씀해 주더군요. 절 마당을 돌아나오며 나는 그럼 필 때까지 기다려야지, 꽃이 피면 휘이휘이 그것들을 몰고 올라가 어느 날 아침 당신 앞산에 부려놔야지라고 생각하고 있었습니다. 물론 동백이 아닌 벚꽃 말이지요. 그리고 나서 태연한 얼굴로 당신과 함께 앞산을 마주보고 앉아 막걸리를 먹자고 말입니다. 참으로 어이없는 일이지요? 누가 나처럼 선운사로 벚꽃을 보러 내려오겠습니까. 물론 그것만 보자고 내려온 것은 아니겠지만 말입니다. 어쨌든 이곳은 내게 여러 겹의 인연이 겹쳐진 곳이니까요. 사람은 우연히 지나친 길이라고 해도 언젠가는 다시 그 길을 지나게 되나봅니다.

서울에서 내려오는 길에 그런 생각을 했더랬습니다. 당신과 나 사이에 아직 끝나지 않은 무엇이 남아 있는 것은 아닌가 하고 말입니다. 새삼스럽게 가당찮은 말을

ger you are alone, the harder you get. So whenever you meet people, that's all you have to give. How scary and sad is that? So I've decided that from now on, I'm going to loosen up a little and even take on the habit of leaving the door open when I sleep at night. Just like In-ok said, we have lived in anger for too long, locking ourselves up behind an iron gate. I'm not sure if I'm overstepping my bounds in saying this.

Anyways, I wonder when the cherry blossoms will bloom. The magnolia tree in the front yard of the Camellia Inn went into full bloom the day before yesterday. As soon as I wake up every morning, I go out to the cherry tree road, but it's impossible to guess when the flowers will bloom.

Woman Number One

A few days after my outing to Seoksangam, I was reminiscing about the past and went up to Nakjodae. The wind was cold but the spring sun was rising as I made my way up. There were an abundance of purple flowers that I didn't know the name of in the forest, and the ivy trees, tea trees, bamboo trees, big blue lily turfs, star jasmines, and

지껄이고 싶어 하는 소리는 아닙니다. 아직은 그것이 무엇인지를 모르고 있는 형편이니까요. 다만 내가 그날 당신에게서 전에 없던 무언가를 본 듯해서 말입니다.

도착한 다음 날인가 여기엔 한 차례 비가 더 왔습니다. 그날 나는 우산을 받고 벚나무 길을 지나 석상암에 들어가봤지요. 가는 길에 나는 벚나무 길 중간께에 있는 미당 선생의 시비에 잠깐 들렀습니다. 시비엔「선운사 동구」라는 시가 지은이의 육필로 새겨져 있지요. 시비를 보다 나는 어쩐지 내 처지와 비슷하단 생각이 들어 그만 허전하게 웃고 말았습니다.

　선운사 골째기로

　선운사 동백꽃(벚꽃)을

　보러 갔더니

　동백꽃(벚꽃)은 아직 일러

　피지 안 했고

　막걸릿집 여자의

　육자배기 가락에

　작년 것만(그때 것만) 상기도 남었습디다

fortune's spindles were slowly starting to awaken. Just taking a quick glimpse at the moss on the rocks, I could clearly see they were full of moisture and deep green.

Past Seonunsa, at the corner of the Mireuk Bridge where the paths split, one heading towards Dosolam and the other towards Byeokjaegol, I saw an infant Buddha stone statue. It had been weathered over time and its expression was worn down from people rubbing it too much. But if you looked at it from far away, you could still clearly see the image of an innocent, smiling infant. It was only when I was coming down from Nakjodae that I found out why the infant Buddha stone statue had been so visible to me that day.

To get to Nakjodae, you first have to pass Dosolam and the Yongmun Cave. Near the entrance to Dosolam, the Jangsa Pine Tree stands like a giant umbrella along with Jinheung Cave where King Jinheung sought spiritual enlightenment after abdicating his throne. After passing all these places and arriving at Dosolam, it was around 2 or 3 P.M. I think. As I climbed up the stone steps towards the huge Mae-bul Buddha relief, I caught a glimpse of a camellia in bloom. I thought it was just the light-

그것도 목이 쉬어 남었습디다

석상암엔 그날 아무도 없었습니다. 스님은 외출하고 보살님 한 분만이 산신각에 앉아 향을 사르고 있었지요. 그 산신각 앞에 물에 젖은 수선화 몇 송이가 향내를 맡으며 샛노랗게 피어 있더군요. 아름답더군요. 이제 나도 꽃을 보면 왜 꽃이 아름다운가를 조금은 알 듯합니다. 함부로 지껄일 얘기는 아니지만 나도 한 겹씩 한 겹씩 마음이 털어내지는 걸까요? 그러면서 비로소 사물이 스며들 틈이 조금씩 생기는 걸까요?

아, 그렇습니다. 그날 내가 당신에게서 보았던 것은 바로 그 틈이 나 있는 모습이었습니다. 나 아닌 다른 것들이 끼어들 틈 말이지요. 나는 당신의 그 벌어진 틈들 사이로 고운 빛이 소리 죽여 드나들고 있는 것을 보고 있었던 것입니다. 과거에 당신은 반들반들한 쇠북 같은 사람이었죠. 그땐 그게 또 아름다웠지만 쇠라는 것은 흙 속에 오래 묻어두면 녹이 슬게 마련 아닌가요. 지금 허스키하게 변한 당신 목소리처럼 말입니다. 이제야 알 듯합니다. 사람이 혼자 오래 있을 수 있다는 것은 강해

ing, but it wasn't. There were myriad flowers hang-
ing from the single camellia tree next to the Ma-
ebul, even though the wall of three thousand or so
camellia trees that stretched behind Seonunsa were
still waiting to bloom. Again, I discovered the rea-
son why I was able to see the camellia flowers as I
came down from Nakjodae.

From the Ma-ebul at Dosolam to Nakjodae, it's
only about one kilometer. The path is a bit rugged,
but once you pass the Yongmun Cave, it's right in
front of you. After stumbling my way up to Nakjo-
dae, I stayed there for about an hour. As I looked
down upon the Haeri Village, I thought about that
day ten years ago. Back then, love alone was
enough to make me feel in awe. I wasn't planning
on watching the sunset, so before it got dark I fol-
lowed the ridge that led towards Chamdangam
Hermitage and made my way down. Chamdangam
is located about halfway down Mt. Dosol and it's
surrounded by a bamboo grove. There's probably
only a handful of hermitages in Korea that are as
isolated and peaceful as Chamdangam. As soon as
you reach its grounds, you immediately feel like a
firm believer in Buddhism.

It was near sunset, on the path leading down

서가 아니라 독해서일 거라는 사실을 말입니다. 혼자 있으면서 자꾸 독해진다는 거, 그래서 가끔 사람들을 만나게 되면 그것밖에는 줄 게 없다는 거, 이처럼 무섭고 슬픈 일이 또 어딨습니까. 나도 이제부터는 조금 무뎌지기도 하고 밤에도 가끔 대문을 비껴놓고 자는 버릇을 길러야겠습니다. 인옥이 형의 말대로 우리는 그동안 너무 노한 채 쇠문 속에 자신들을 가두고 살아온 것 같습니다. 내가 지금 주제넘은 소리를 하고 있는 건지요.

그러나저러나 벚꽃은 언제 필는지요. 동백장 앞마당에 한 주 서 있는 목련이 엊그제 터졌는데요. 아침마다 눈만 뜨면 벚나무 길로 나가보지만 꽃이 필 날을 짐작하기란 쉽지 않습니다.

여인네 하나

석상암에 다녀온 며칠 뒤에 나는 옛일을 생각하며 낙조대에 올라보았습니다. 바람은 찼지만 낙조대로 가는 길엔 봄빛이 따뜻하게 올라오고 있었습니다. 숲엔 이름을 모르겠는 보랏빛의 꽃들이 지천으로 깔려 있고 송악이며 차나무, 조릿대, 맥문동, 마삭덩굴, 줄사철나무 같

from Chamdangam to Seonunsa, that I saw a woman in her late thirties. The woman was carrying a little boy on her back. He looked around five or six years old. He was sleeping soundly on his mother's back. The woman had stopped by Chamdangam before me and was on her way down. I'm not sure why the woman came to such a steep mountain temple with a child on her back, but something didn't seem quite right about it. It looked like she was carrying an infant Buddha stone statue on her back. I followed her all the way down to Seonunsa. Just at that moment, the setting sun that had passed behind Nakjodae cast a red light on the woman's back. But why, at that very moment, did the infant Buddha stone statue look like a cluster of camellias to me?

Soon afterwards, the woman hastily left the grounds of Seonunsa with a camellia on her back.

At night, I had the TV on and saw the news that North Korea had deployed soldiers into the Joint Security Area at Panmunjom for the third time. On April 4th or something, there had already been talks with the North Korean Military Representatives at Panmunjom. It was the typical game that both sides played whenever a political incident oc-

은 것들이 한창 눈을 비벼 뜨고 있는 중이었습니다. 바위의 이끼에도 물이 올라 얼핏 보아도 분명 퍼렜습니다.

선운사를 지나 미륵교에서 벽골제와 도솔암으로 갈라지는 길모퉁이에서 그날 나는 조그만 아기 돌부처를 보았습니다. 오랜 세월 풍화되고 지나는 사람들의 손까지 타 표정은 많이 닳아 있었지요. 하지만 좀 떨어져서 보니 맑고 천진한 아기의 웃음이 아직도 뚜렷하게 남아 있었습니다. 그날 내 눈에 왜 아기 돌부처가 보였던가는 낙조대에서 내려오다 알게 됩니다.

낙조대로 가려면 우선 도솔암, 용문굴을 거쳐 지나가야 하지요. 도솔암 입구에는 멀리서 보면 큰 우산처럼 보인다는 장사송(長沙松)과 진흥왕이 퇴위하고 나서 도를 닦고 지냈다는 진흥굴이 있지요. 그것들을 스쳐 지나 도솔암에 도착한 시각이 오후 두세 시쯤 됐나요. 마애불이 있는 곳으로 돌계단을 따라 올라가다 나는 얼핏 동백이 피어 있는 것을 보았습니다. 착시였나 했는데 아니었습니다. 마애불 옆에 서 있는 한 그루 동백나무에 무수한 꽃들이 매달려 있었던 것입니다. 정작 선운사 뒤편을 병풍처럼 두르고 있는 삼천 그루의 동백나무

curred. But whatever the case, as I watched the news, I thought about you; you lived right below the cease-fire line. It was late and when I turned off the lights to go to bed, I tried to sleep but the image of the woman with the child on her back coming down from Chamdangam suddenly appeared on the ceiling.

It seems that all day, it was you that I was seeing —the infant Buddha stone statue, the camellia, and the woman whose face I couldn't see.

Woman Number Two

It seems like the longer you stay in one place, the more you start to see things that you hadn't seen before—although the mind does choose what it wants to see. Almost every day, I follow the cherry tree road and visit Seonunsa. I see the flower buds on all the branches slowly beginning to swell. But I still can't say when the buds are going to bloom. Today, I saw some yellow forsythias along the road.

I'm not trying to talk about forsythias. During my countless trips to Seonunsa, there's one thing that I'd never seen. This is what I'm trying to get to. There's

들은 모두 입을 다물고 있는데요. 그날 내 눈에 왜 동백꽃이 보였던가 또한 낙조대에서 내려오다 알게 됩니다.

도솔암 마애불에서 낙조대까지는 약 일 킬로밖에 되지 않지요. 길은 험한 편이지만 용문굴만 지나면 바로 이마에 닿습니다. 몇 번 발을 헛디디며 낙조대에 올라나는 한 시간쯤 머물러 있었나요. 해리라는 마을을 무연히 내려다보며 십 년 전 그날을 반추하고 있었지요. 그땐 사랑 하나를 두고 제법 장엄한 마음이었지요. 낙조를 보려던 것은 아니어서 해가 떨어지기 전에 나는 능선을 타고 참당암 쪽으로 길을 돌아 내려왔습니다. 참당암은 도솔산 중턱 대숲에 둘러싸여 있는 암자지요. 그처럼 깊고 조용한 암자는 우리나라에 아마 몇 없을 겁니다. 경내에 들어서는 순간부터 불제자가 되는 느낌에 사로잡히곤 하니까요.

삼십대 후반의 아낙네를 본 것은 해 질 무렵 참당암에서 선운사로 내려오던 길에서였습니다. 아낙은 등에 사내아이를 업고 있었습니다. 대여섯 살쯤 됐나요? 아이는 어머니 등에서 깊이 잠들어 있더군요. 여인은 나보다 먼저 참당암에 들렀다가 돌아나가는 길이었습니

a small stream that flows beside Seonunsa. Today, I saw carps swimming in the stream. How is it that, while passing by there every day, I never once noticed them? Sure, they were only the size of my hand, but there were about twenty of them. It seems that last year, on Buddha's birthday, followers of Buddha released them into the water. In the water, carpeted under layers of leaves, the carps gently swayed their fins and moved in sync. I sat there for quite a while, crouched under a zelkova tree, and watched a red carp swim within my shadow cast on the water. And again on that day, I went up to Dosolam, saw the camellias, and came back down as the sun set.

By the time I came down again, it was already dark and I couldn't see the carps. But at the spot where I'd been sitting before, I looked down at the dark stream. A sort of yearning swelled inside of me. But there was no way that the carps would be visible to me in the dark water. So I finished a cigarette, then stood up and stretched my legs to make my way back. But at the spot where I'd just been looking, I heard the sound of something pop out of the water and dive back in. At that moment I thought, ah, it must be the carp I saw earlier when

다. 무슨 일로 여인네 하나가 아이를 업고 그 깊은 산사에 찾아왔는지 내 눈엔 그게 범상해 보이지가 않았습니다. 마치 아기 돌부처를 업고 내려가는 것처럼 보였으니 말입니다. 나는 여인의 뒤를 따라 선운사까지 내려왔지요. 때마침 낙조대에서 넘어가는 해가 여인의 등을 붉게 비추고 있었습니다. 한데 그때 내 눈에 왜 아기 돌부처가 한 송이 동백꽃으로 보였을까요?

이윽고 여인은 동백꽃 하나를 지고 총총히 선운사 경내를 빠져나갔지요.

밤에 나는 텔레비전을 켜놓고 있다가, 북한군이 판문점 공동경비구역 내에 3차로 병력을 투입한 뉴스를 보았습니다. 이미 4일인가에 북한군 판문점 군사대표부 명의의 담화가 있었지요. 정치적 사건이 있을 때마다 서로가 늘 하는 수작들이지만 어쨌거나 뉴스를 보면서 나는 휴전선 아랫녘에 살고 있는 당신 생각을 했더랬습니다. 그리고 밤이 깊어 불을 끄고 자리에 눕는데 아까 참당암에서 내려오다 본 아기 업은 아낙네가 천장에 불쑥 떠오르는 것이었습니다.

그날 나는 내내 당신을 보고 있었던 모양이었습니다.

I was going up to Dosolam, the camellia flower I saw in bloom at Dosolam, and the infant Buddha stone statue. But in the dark of night, I didn't see you.

It was on the cherry tree road that I saw the pregnant woman. The woman, who looked to be in her mid-twenties, was rushing with her husband up to the temple, probably to offer their prayers. Seeing that they were going up so late, they must have come from far away. The woman had pretty makeup on and was wearing a dress covered in plum blossoms. She looked quite lovely. Why again did I think of you when I saw her? That is, you from ten years ago, when you were pregnant with my child. Like it still is today, that child's father wasn't beside its mother. In time, that child became a stone Buddha statue and was reincarnated as the camellia flower at Dosolam, or the single carp that appeared in front of me today.

The cherry blossoms have no intention of blooming, and contrary to why I came down here in the first place, my thoughts are cloudy and I can't look inside myself. What am I thinking about right now? I'm scared because I think I'm lying to myself about my feelings for you. Why did I come down

아기 돌부처와 동백꽃 그리고 얼굴이 안 보이던 아낙네
하나.

여인네 둘

한곳에 오래 있다보면 비로소 안 보이던 것들이 눈에
띄게 마련인가 봅니다. 물론 마음이란 게 저 볼 것을 다
결정하긴 하지만 말입니다. 나는 거의 매일이다시피 벚
나무 길을 지나 선운사에 들어갔다 나옵니다. 가지마다
꽃눈이 조금씩 부푸는 게 보입니다. 그러나 언제쯤 망
울이 터질지는 아직도 알 수 없습니다. 오늘은 길가에
노랗게 휘어져 있는 개나리가 보이더군요.

개나리 얘기를 하려는 게 아닙니다. 이레 동안이나 선
운사를 드나들면서도 미처 보지 못했던 것이 하나 있었
습니다. 그 얘기를 하려는 거지요. 선운사 옆에는 조그
만 시냇물이 흐르고 있지요. 오늘 나는 거기서 잉어를
보았더랬습니다. 어째서 나는 매일같이 거길 지나다니
면서도 그것들을 보지 못했던 걸까요? 손바닥 길이만
한 것들이긴 하지만 이십여 마리나 되는데요. 작년 초
파일쯤에 신도들이 방생한 것들인 모양입니다. 낙엽이

here, and what am I doing? I'm sitting at a restaurant and I've ordered a bottle of black raspberry wine and Pungcheon eel that comes with fifteen or so complimentary side dishes from South Jeolla Province cuisine. Indeed, what glory days did I hope to see sitting here by myself and stuffing myself with all this food?

Midang—Manseru Pavilion

As I write this letter, already nine days have passed since I came down here. It's always packed and colorful and there's always throngs of springtime picnickers. Yesterday I mixed in with them and I met an elderly gentleman who had come down to see the flowers just like me. According to the calendar, it was April 8th. I had missed lunch so I was going to the dining hall on the main floor to have an early dinner when an elderly couple flung open the inn door and walked in. The man was using a cane for support. I thought that I'd seen a ghost. The elderly gentleman was none other than the poet, Midang. Yes, this was his hometown, but isn't it amazing that I ran into him like this? The only two people I know from Gochang are you and

수북이 쌓여 있는 물속에서 잉어들은 가만가만 꼬리를 흔들며 몰려다니고 있었지요. 나는 한참이나 느티나무 밑에 쭈그리고 앉아, 물에 떨어진 내 그림자 안에서 노닐고 있는 붉은 잉어 한 마리를 들여다보고 있었지요. 그리고 그날도 나는 도솔암에 올라가 동백을 보고 해가 질 무렵에 내려왔습니다.

내려올 때는 이미 땅거미가 져 잉어는 보이지 않았습니다. 그러나 나는 아까 앉았던 곳에서 어둑한 시내를 또 내려다보고 있었습니다. 왠지 목마른 심정으로 말입니다. 하지만 캄캄한 물속에 있는 잉어가 눈에 들어올 리는 없었습니다. 해서 담배나 한 대 피운 다음 나는 그만 돌아갈 양으로 다리를 풀고 일어났지요. 한데 조금 전에 내가 들여다보았던 바로 거기서 무언가 뽁! 하고 물을 차고 나왔다가 들어가는 소리가 들려왔습니다. 순간 나는 이런 생각을 하고 있었습니다. 아, 아까 도솔암으로 올라갈 때 보았던 그 잉어로구나, 그리고 도솔암에 피어 있는 그 동백꽃이구나, 아기 돌부처구나, 하고 말입니다. 허나 저녁 어둠 속에 당신 모습은 보이지 않았습니다.

the poet, Midang. But why did I have to run into one of the two people when I was starving?

A couple or so years back, for such and such reason, I had the chance to meet the poet. So no matter how nervous I was, there was no way I could avoid paying my respects. Timidly, I went up to him, bowed, and said hello. He looked at me and asked who I was. If I told him my name, would he remember? So I explained to him how we knew each other and, just barely remembering me, he said,

"Really? Well then, we should have a drink."

Then suddenly, he led me into the dining hall. I was more overjoyed by the "barely" rather than the "suddenly." No matter what anyone says, I like Midang's poems as much as In-ok does. I remembered that I'd brought a copy of *Midang's Poetry Collection Volume I*, by Minumsa Publishing. So after getting it signed, dated April 8, 1996, Midang and I sat in the dining hall for about two hours drinking beer. I found out that every year around this time, Midang came down to his hometown to visit his family grave. And without fail, he would spend a night at the Camellia Inn and see the camellias before returning back to Seoul. I was about to men-

애 밴 여인네를 본 것은 벚나무 길에서였습니다. 이십 대 중반으로 보이는 그 여인은 남편과 함께 불공을 드릴 참인지 서둘러 절로 올라가고 있는 중이었습니다. 늦게사 올라가는 걸로 봐서 멀리서 온 듯했습니다. 여인은 곱게 화장을 하고 매화 무늬가 낭자한 원피스를 입고 있었습니다. 어여쁘더군요. 그녀를 보며 왜 내가 또 당신을 떠올렸을까요. 십 년 전 내 아이를 가졌을 때의 당신 모습을 말입니다. 그 아기의 아비는 오늘처럼 엄마 옆에 없었지요. 그리하여 아이는 어느 날 돌부처가 되어버리고 도솔암 동백 한 송이거나 잉어 한 마리로 환생해 오늘 내 눈앞에 나타난 것인가 봅니다.

벚꽃은 당최 필 생각을 않고 내려올 때와는 달리 마음이 흐려져 도대체 내가 들여다보이지 않습니다. 지금 내가 무슨 생각을 하고 있는 것입니까? 어쩐지 당신에 대한 내 마음을 속이고 있는 것은 아닌가 하여 내심 두렵습니다. 무엇 때문에 나는 여기 내려와 이러고 있는 것입니까? 식당에 앉아 복분자술과 풍천장어를 시키니 열댓 가지나 되는 남도 안주가 따라 나옵니다. 정말 무슨 영광을 보자고 혼자 이런 걸 꾸역꾸역 입에 집어넣

tion that he was four days late in observing the *Hansik* Festival, a day when people welcome the warm weather and visit their family's ancestral tombs, but I decided to remain silent. He must have had a reason for not being able to come on the actual day of the *Hansik* Festival. When I told him that it was my eighth day here, he narrowed his eyes and asked,

"Really? So have the camellias bloomed?"

"No, not yet."

I did think of the one camellia tree that was in full bloom next to the Ma-ebul Buddha relief at Dosol-am, but he probably wasn't asking about one tree in particular. This year, Midang would have to settle with just reciting his poem, "Gate to Seonunsa Temple," and returning home. But just like we did when In-ok and I went to see you in Pocheon, we went from drinking *makgeolli* to beer.

"Is that so? But I've already seen them."

"The narcissuses have bloomed."

"Narcissuses, huh? No, they're probably red spider lilies. They belong to the same Amaryllis family, but they're different. Anyways, what brings you down here? Did you say you were a writer?"

I couldn't bring myself to tell him I had come

고 있어야 하는 건지요.

미당-만세루

이 편지를 쓰는 동안 여기 내려온 지 그새 아흐레째
가 됐군요. 울긋불긋한 상춘객들로 이곳은 늘 만원입니
다. 그리고 어제 나는 상춘객들에 섞여 나처럼 꽃을 보
러 온 노인네 한 분을 우연히 만났습니다. 달력으로 치
면 4월 8일이었지요. 점심을 거른 터라 이른 저녁을 먹
을 양으로 일 층 식당으로 내려가는데 여관 문을 밀치
고 웬 노인네 부부가 지팡이를 짚고 안으로 들어섰습니
다. 솔직히 나는 귀신을 본 줄 알았습니다. 그 양반은 다
름 아닌 미당 선생이었던 것입니다. 그분의 고향이 암
만 여기라고 해도 참으로 기묘한 인연이 아닙니까? 나
는 고창 사람이라면 당신과 미당 선생 둘밖에는 모릅니
다. 그중 한 사람을 하필이면 헛배가 고픈 그때 만나게
되다니요.

몇 해 전인가, 나는 어찌어찌한 일로 그분을 한 번 뵌
적이 있습니다. 그러니 아무리 숫기가 없다 해도 인사
까지 피할 수는 없는 노릇이었습니다. 주뼛거리며 다가

here to see the cherry blossoms, so I sort of evaded giving a clear answer. Not asking any further, Midang kept pushing the side dishes towards me, telling me to try the grilled *deodeok* root, the *sansho* peppers, the sautéed ailanthus leaves, and the acorn jelly. It's possible that even while drinking, Midang was seeing the camellias. I couldn't see them, but I was thinking about them. The cherry blossoms I mean.

That day, I learned many things from Midang. For example, he told me of a mythical flower called the Mandarava Flower. The Mandarava Flower had been brought to Korea when an Indian ship had shipwrecked on the shores of Busan. The ship's travelers had planted the flowers on our land and somewhere near here, during some season, it probably still bloomed. He also told me about the wooden Buddha Triad at Yeongsanjeon Hall in Seonunsa. Up until then, the only thing I knew about the Yeongsanjeon was that there was a seated Sakyamuni Buddha in the middle and two of his disciples, Maitreya and Dipankara, seated on either side.

"If you're staying here a bit more, try going again on a cloudy day. It's made out of Juniper trees so

가 허리를 굽히고 인사를 드리자 선생은 누구신가? 라며 저를 바라보셨습니다. 제가 누구라면 그분이 아실 리 있습니까? 해서 그런그런 연고를 말씀드렸더니 선생은 그때 일을 간신히 기억하시며 그래? 그럼 한잔해야지 하시고는 덥석 식당으로 저를 데리고 들어가시는 것이었습니다. 나는 그 간신히가 덥석보다 얼마나 기뻤던지요. 누가 뭐라뭐라 해도 나는 인옥이 형만큼이나 미당 선생의 시를 좋아합니다. 마침 생각이 나서 가지고 갔던 민음사판『미당 시전집 1』에 1996년 4월 8일자 사인까지 받고 나는 약 두 시간 정도 그분과 식당에서 맥주를 마셨습니다. 알고 보니 선생은 매년 이때쯤 고향에 성묘차 내려왔다가 어김없이 동백장에서 하루 머문 뒤 귀경한다는 얘기였습니다. 물론 그 참에 동백도 보시고 말입니다. 한식이 나흘이나 지났는데요, 라고 말씀드리려다 나는 그냥 묵묵히 있었지요. 한식일에 못 맞춘 무슨 사정이 있으셨겠죠. 제가 여드레째 여기서 묵고 있다고 하자 선생은 그래? 그럼 동백은 폈던가? 라고 눈을 가늘게 뜨고 물으셨습니다.

"아직 안 피었습니다."

on cloudy days the air gets thick and the aroma from the Yeongsanjeon fills the entire grounds.

Midang was laughing as he continued to drink and tell his stories. Then he told me about the Manseru Pavilion that stands across from the Daeungjeon Main Hall. Would you believe it if I told you that at that moment, my heart and ears were finally brilliantly awakening?

"Seonunsa was built during the Baekjae Dynasty, so the Manseru Pavilion was probably built with it. Then, during the Goryeo Dynasty I think, the pavilion was burnt down and they wanted to rebuild it, but they didn't have any more lumber. So they gathered the burnt wood and put the pieces together to somehow rebuild it, and it turned out to be a unique masterpiece. When a professor or something from a university in Japan came and saw it, he knew right away—knew that there was no better example of burning devotion to Buddha. So for the next seven or eight days until he left, he went to the pavilion every day and offered ritualistic bows."

Then Midang laughed again.

If you look on the back of the ticket they give you at the ticket office, it says that Seonunsa was

도솔암 마애불 옆에 만개한 동백 한 그루가 생각났으나 그걸 물으시는 것은 아닐 터였습니다. 선생은 올해도 당신이 쓴「선운사 동구」라는 시나 외고 돌아가실 형편이었지요. 인옥이 형과 내가 포천으로 당신을 찾아갔을 때 그랬듯이 막걸리가 맥주로 변하긴 했지만 말입니다.

"음, 그래? 하지만 나는 벌써 보고 가네."

"……수선화는 피어 있습니다."

"수선화라. 아냐, 그건 석산(石蒜)이라 부르는 걸 게야. 수선화과에 딸려 있긴 하되 아니지. 근데 자넨 뭘 하러 여길 내려왔는가? 전에 뭘 쓴다고 했든가?"

나는 차마 벚꽃을 보러 왔다고는 말씀드릴 수가 없어 이래저래 얼버무리고 말았습니다. 선생은 더 이상 묻지 않으시고 상에 놓여 있는 더덕구이, 산초 열매, 가죽나뭇잎 볶음과 도토리묵 등을 들어보라시며 반찬 접시를 자꾸 제게 밀어놓으셨습니다. 술을 드시면서도 선생은 아마 동백을 보고 계셨는지 모릅니다. 나는 보지 못하고 그저 생각만 하고 있었습니다. 벚꽃 말이지요.

나는 그날 선생으로부터 많은 얘기를 들었습니다. 가령 만주사화(曼珠沙華)라는 꽃이 있는데 옛날 부안 앞바

first constructed in 577 A.D. by the great master Geumdan and the top monk Eui-un in the 24th year of King Wideok's rule of the Baekjae Dynasty. Then in 1472, it was restored by the monk Hyo-jeong in the 3rd year of King Seongjong's rule of the Joseon Dynasty, but was burnt down during an attack by Japan. It was reconstructed by the monk Haengho in 1614, in the 6th year of King Gwang-hae's rule. As such, there are no separate documents pertaining to the Manseru Pavilion. And even though they say that it was built with the Dae-ungjeon during the Baekjae Dynasty, it was burnt down and then rebuilt during the Joseon Dynasty so you can't really say that it's from the Goryeo period between the two dynasties. But what's so important about the chronology? I felt like I had waited these eight days just to hear these words from Midang.

After finishing dinner, Midang returned to his room. He said that he had to take the 8:30 A.M. train to Jeongeup the next morning. After walking him to his room, I hastily ran to the Manseru Pavili-on, hitting myself on the head all the while. It's not that I hadn't seen the Manseru Pavilion; I saw the pavilion every time I went. But I hadn't actually *seen*

다에 인도 배가 난파돼 거기에 타고 있던 사람들이 우리나라에 들어와 그 꽃나무를 옮겨 심었다, 아직도 이 근방 어딘가에 어느 계절인가에 피고 있을 거다, 라는 식의 얘기였습니다. 선생은 또 선운사 영산전의 목조삼존불에 대해 말씀해 주시더군요. 그때까지 영산전에 대해 내가 알고 있었던 바는, 석가여래좌상을 가운데 모시고 양쪽에 아란 가섭의 양협시보살을 세웠다는 것뿐이었습니다.

"여기 더 있을 거면 흐린 날 다시 들어가봐. 그게 향나무로 맨든 거거든. 그래서 날이 흐리면 공기가 무거워져 영산전에서 흘러나온 향내가 경내 전체에 그득하거든."

선생은 술잔을 들고 이런 얘기를 하며 껄껄 웃으셨습니다. 그러다 나는 대웅전 앞에 서 있는 만세루에 대해 듣게 됩니다. 그때 내 마음과 귀가 비로소 환하게 열리고 있었다면 당신은 믿겠습니까?

"선운사가 백제 때 지어졌으니 만세루도 아마 같이 맨들어졌것지. 그러다 고려 땐가 불에 타버려 다시 지을라고 하는디 재목이 없더란 말씀야. 그래서 타다 남

it. I guess this is another example of fate. Did you know?

Just as Midang had explained, the Manseru Pavilion was held up by pillars that were made from the mended fragments of burnt wood. It stood undaunted across from the Daeungjeon. Not a single pillar was wholly sound. Alone in the temple grounds that had now become dark, I stood there, unable to even let out the faintest whisper of a breath. Just like you can't understand all people by looking at them absentmindedly, if you just glance at all objects absentmindedly, you can't really see them. In the darkness, my mind suddenly felt lifted. But as I left the temple grounds a strange feeling came over me and I turned to look back. That's when I saw it. Inside the Manseru Pavilion, a cluster of white cherry blossoms in full bloom.

Early this morning, Midang left the Camellia Inn. As I listened to the sounds of him checking out, I thought to myself, now that I have also seen the cherry blossoms, I should leave either today or the day after. When Midang said, "I've already seen them," could he have been referring to the same thing?

은 것들을 가지고 조각조각 이어서 어떻게 다시 맨들었는디 이게 다시없는 걸작이 된 거지. 일본의 무슨 대학 교순가 하는 사람도 여기 와서 이걸 보고는 척 알아냈어. 불심으로 치자면 도대체 이런 불심이 어딨냐는 거야. 그래서 이렌가 여드렌가를 여기 묵으며 날마다 만세루에 가서 절을 하다 갔더란 말씀야."

그러고 나서 선생은 또 껄껄 웃으셨지요. 매표소에서 파는 입장권 뒷면을 보면 선운사는 백제 위덕왕 24년(577년) 검단대선사와 의운국사가 창건하여 조선 성종 3년(1472년) 행호선사가 중건하였으나 정유재란으로 소실된 것을 광해군 6년(1614년)에 재건하였다고 되어 있으니, 만세루에 대한 기록은 따로 없다고 보아야 합니다. 또 백제 때 대웅전과 함께 지어졌다고 해도 조선 때 소실돼 재건하였다고 되어 있으니 고려 때라는 말은 사실 찾아볼 수 없는 셈이지요. 하지만 연표 따위가 뭐 그리 중요하겠습니까. 나는 그 말씀 하나를 듣기 위해 이때까지 여드레를 기다려 선생을 만났다는 느낌마저 들었습니다.

선생은 저녁을 마치고, 다음 날 아침 정읍에서 여덟

Incense

After deciding to leave, I woke up in the morning and packed my things. My whole stay at Seonunsa had lasted ten days. I'm going to finish this letter before I leave.

I just came back from visiting the Manseru Pavilion one last time. I don't know what it's like there, but it's been extremely cloudy here since yesterday. As such, for the past two days, the air has been thick and the grounds of Seonunsa have been enclosed in a mystical glow and the aroma coming from the burning incense in front of the wooden Buddha Triad at Yeongsanjeon. I plant my feet in the aroma and think, perhaps you and I have now passed the point where we can face each other and talk about truths. It's been a long time since we discovered how scary truth is. In a way, truth is just another word for life, and therefore, we also know all too well that it's not something that we can recklessly bring up whenever, wherever, or with whomever we like. Instead, what I learned from coming here was that the closer the relationship is, the more often it can turn into a dangerous weapon. We've now reached the age where we can tell

시 반 기차를 타야 한다며 방으로 올라가셨습니다. 선생을 방까지 모셔다 드리고 나는 부리나케 선운사 만세루로 달려갔습니다. 머리를 툭툭 치며 말입니다. 만세루를 못 본 게 아닙니다. 갈 때마다 보긴 했으되 미처 알아보지 못했던 거지요. 인연으로 알아지는 게 또 있는 모양입니다. 당신은 알고 있었는지요?

선생의 말씀대로 만세루는 타고 남은 것들을 조각조각 잇대고 기운 모양으로 대웅전 앞에 장엄하게 버티고 서 있었습니다. 어느 기둥 하나 그야말로 온전한 것이 없었습니다. 이미 사위가 어두워진 경내에서 나는 숨소리조차 크게 내지 못하고 서 있었지요. 뭇사람들이 무심할 리 없듯이 뭇 사물도 무심히 보면 그저 안 보이고 마나봅니다. 캄캄한 어둠 속, 어쩐지 환해진 마음으로 경내를 돌아 나오다 나는 기이한 느낌에 사로잡혀 흘끗 뒤를 돌아보았습니다. 그리고 나는 보게 됩니다. 만세루 안에 하얗게 흐드러져 있는 벚꽃의 무리를 말입니다.

오늘 아침 일찍 미당 선생은 동백장을 떠났습니다. 그분이 떠나는 소리를 들으며 나는 이런 생각을 하고 있었습니다. 아, 나도 벚꽃을 보았으니 오늘내일엔 돌아

each other these things from afar, but understand them closely. Even if we remain only spectators of each other's lives, what resentment can remain after all is said and done? On days when our hearts feel heavy, if we can go into our yards and catch the scent of aloes wood incense, then that is enough.

Going down the cherry tree road today, it looks like the flower buds will bloom in the next couple of days. I want to mention again that meeting a man who came here to see the flowers like me, and hearing from him about the Manseru Pavilion, was a great joy for me. Just like I saw on that night, I believe that cherry blossoms that bloom from the burnt blackness are whiter and more dazzling, even if they don't seem so at first.

I'll finish now. Contrary to my intentions when I first started writing, my words have rambled on and this letter has turned into something too long and too boring for you to give a quick read.

Since you are a lady, I pray that you be lovely.

P.S.

Oh, and I remembered what In-ok said to you

가야 할까보다, 라고 말입니다. 미당 선생의, 나는 벌써
보고 가네, 란 말씀도 어쩌면 이 비슷한 뜻이 아니었을
까요?

향

올라가리라 마음먹고 아침에 일어나 짐을 꾸려놓았
습니다. 선운사 동구에서 꼭 열흘을 보낸 셈이군요. 떠
나기 전에 마저 씁니다.

조금 전에 나는 만세루를 다시금 참견하고 돌아왔습
니다. 거긴 어떤지 모르겠지만 여긴 어제오늘 날이 무
척 흐려 있었습니다. 그리하여 공기가 무거워진 선운사
경내는 영산전 목조삼존불에서 퍼져 내린 향내로 이틀
이나 내내 신비한 빛에 싸여 있었습니다. 그 향내에 발
목을 묻고 나는 생각했지요. 이제 우리는 가까이에선
서로 진실을 말할 나이가 지났는지도 모른다고 말입니
다. 우린 진실이 얼마나 무서운 것인가를 깨달은 지 이
미 오랩니다. 그것은 한편 목숨의 다른 이름일 겁니다.
그러니 이제는 아무 때나, 아무 곳에서나, 아무한테나
함부로 그것을 들이댈 수 없다는 것도 잘 알고 있습니

that day so today, I bought a bottle of camellia oil from a woman at a street stand on the cherry tree road. Later on, on any given day, if your thoughts shift and your feelings change, try dabbing a drop of it in your hair. When the cherry blossoms bloom on the hill facing your house, I'll go and leave it for you.

Translated by Teresa Kim

다. 아니, 오히려 가까운 사이일수록 그것은 자주 위험한 무기로 둔갑할 수도 있다는 것을 여기 와서 알게 됐습니다. 이제 우리는 그것을 멀리서 얘기하되 가까이서 알아들을 수 있는 나이들이 된 것입니다. 그러고 난 다음에야 서로의 생에 대해 다만 구경꾼으로 남은들 무슨 원한이 있겠습니까. 마음 흐린 날 서로의 마당가를 기웃거리며 겨우 침향내를 맡을 수 있다면 그것만으로도 된 것이지요.

오늘 벚나무 길에서 보니 며칠 안짝이면 꽃망울이 터질 듯합니다. 거듭 말하지만 나처럼 꽃을 보러 온 이를 만나 만세루 얘기를 들은 것은 참으로 커다란 기쁨이었습니다. 그날 내가 보았듯이, 벚꽃도 불탄 검은 자리에서 피어나는 게 더욱 희고 눈부시리라 믿습니다. 물론 그게 당장일 리는 없다고 하더라도 말입니다.

그만 접습니다. 처음 쓰고자 했을 때 생각했던 것보다 소리도 너무 요란하고 더군다나 금방 읽기에는 길고 지루한 편지가 되고 말았습니다.

당신은 여인이니 부디 어여쁘시기 바랍니다.

추신

아, 그리고 인옥이 형이 그날 당신에게 했던 말이 생
각나 오늘 벚나무 길 좌판의 어떤 아주머니한테서 동백
기름 한 병을 샀습니다. 나중 어느 날이라도 생각이 변
하고 마음이 바뀌면 머리에 한번 발라보라고 말입니다.
당신 앞산에 벚꽃이 피면 그때 찾아가서 놓고 오지요.

『많은 별들이 한곳으로 흘러간다』, 문학동네, 1996

해설

Afterword

내면의 노래와 사랑의 점경

조윤정 (문학평론가)

80년대의 정치적 이념 및 집단적 이상에 대한 환멸과 그리움이 뒤엉켜 있던 후일담 문학과 소설가 소설이 적극적인 평가를 받지 못한 와중에, 포스트모던 문화에 대한 논의가 불거지자, 90년대 작가들은 자발적으로 개인의 내면을 향한 도정을 선택한다. '존재의 시원으로의 회귀' '개인의 내면적 진실'을 추구하는 윤대녕 소설은 90년대 중반이라는 문학적 전환기와 만나 그 시대의 새로운 가능성을 획득한다. 윤대녕의 인물들은 길을 떠났고, 끝나지 않은 무엇에 대한 발견 속에서 신생(新生)을 도모하려는 의지나 근원적 가치에 대한 성찰을 보여준다. 길에서 인물들은 늘 누군가와 만났고, 그 만남이라

The Landscape of Inner Song and Love

Jo Yun-jeong (literary critic)

The 1980s saw the rise of reminiscences litera-
ture and novels about novelists. This mixture of
disillusionment and nostalgia for political beliefs
and collective ideals failed to gain critical apprecia-
tion. In the 1990s, postmodern cultural trends sent
writers on a voluntary journey to explore the inner
worlds of individuals. Youn Dae-nyeong's novels,
which are pursuits of a "return to the poetic origins
of existence" and "the inner truth of the individual,"
found new possibilities in this literary turning-point
in the mid-1990s.

Youn's characters set out on a journey and find
the will to build anew on things that have not been
obliterated yet, or to meditate on fundamental val-

는 사건 속에서 사랑은 삶의 다른 이름이 된다. 그 가운
데 「상춘곡」은 일상의 사랑과 초월 세계 사이의 미학적
긴장이 불교적 사유 속에서 천착된 소설이다.

여기 한 여인을 향한 편지가 육자배기 가락으로 흘러
간다. 애초에 노래였으나 인연이 길어 시가 되지 못하
고 소설이 된 편지는, 소리와 색 그리고 빛과 향이 어우
러진 한 폭의 그림 같다. 어찌할 수 없는 사무침은 노래
를 빌어야 밖으로 나오고, 잊히지 않는 사랑의 기억은
풍경인 채로 아름답다. 소설은 스물여섯 살 남녀의 첫
사랑에 관한 추억담이자, 아직 끝나지 않은 사랑 이야
기다. '인옥이 형'을 통해 만난 '나'와 '란영'의 사랑은
6·29선언, 운동권, 화염병, 시국사범의 시대 속에서 훼
손된다. 그 후, 란영은 나와의 사이에서 얻은 아이의 유
산, 선배와의 연애, 감옥에서 나온 선배와의 결혼과 이
혼, 아들과의 이별이라는 시간을 거쳐 포천에서 혼자
지낸다. 나 역시 그녀와 헤어진 후 "줄곧 스스로에게 갇
힌 삶"을 살아왔다. 다시 한 번 인옥이 형이 길잡이가 되
어 만난 두 사람은 4월 말쯤 벚꽃이 피면 만날 것을 기
약한다. 그러나 나는 그때까지 기다릴 자신이 없어 미
리 남(南)으로 내려가 벚꽃을 몰고 북향할 작정을 한다.

ues. They meet someone on the road, and in these encounters, love becomes a reason for living. "Song of Everlasting Spring" is a story about the aesthetic tension between everyday love and the world of enlightenment as framed in Buddhist philosophy.

In this story, a letter to a woman unfolds in a "six-beat folk song." The letter, which starts out as a song, but can no longer remain a poem, becomes a story instead, as their relationship stretches on. It is also like a collage of sounds, colors, light, and scents. The unbearable longing can only be expressed through song—yet the memories of unforgettable love are also as beautiful as a landscape.

This story reminisces on a first love between two twenty-six-year-olds, and tells this romance, which is not over yet. The relationship between "I" and Ran-young, who met through In-ok, is damaged in an age of the June 29th Declaration, activism, Molotov cocktails, and political prisoners. Ran-young miscarries the narrator's baby, dates an older man, marries him, then divorces him after he is released from prison, is separated from her son, and finally settles down alone in Pocheon. The

그곳에서 나는 새로운 시간성과 직면한다.

음(音). 그녀를 떠올리게 하는 건, 늘 목소리다. 소리
는 아름다운 소리에서 아름다운 과거로 향한다. 나는
인옥이 형이 인사동에서 연 삼인전(三人展)을 보러갔다
가 뒤풀이 장소에서 술집 주인 여자가 부르는 맑고 깨
끗한 노래를 들으며, 란영을 생각한다. 십 년 전, 나는
란영의 목소리와 붉은 손톱에서 그녀의 마음속에 타오
르고 있는 '화톳불'을 본다. 그것을 훔쳐본 나는 그녀에
게 불같이 치솟는 연정을 느낀다. 그러나 처녀적 명주
실 같던 란영의 목소리는 짚신처럼 변해 있다. "서걱서
걱한 목소리"는 비의에 찬 삶에 슬어버린 녹과 같지만,
그대로 무언가가 끼어들 수 있는 틈이기도 하다. 열흘
전, 실로 칠 년 만에 란영과 해후하고도 나는 그 목소리
때문에 쓸쓸해져 미처 못 다한 말들을 품고 상춘객들
틈에 섞여 선운사에 내려온다. 고창 선운사는 "여러 겹
의 인연이 겹쳐진" 곳이다. 그곳은 란영의 고향이며, 내
가 재수를 했던 곳이고, 십 년 전 란영과 처음 인연을 맺
은 곳이다. 또한, 이곳은 내가 가장 좋아하는 시인 미당
(未堂)을 길러낸 땅이자 그를 만나 깨달음을 얻은 곳이
기도 하다.

narrator also lives a life of "self-confinement" after parting with Ran-young. The two meet years later, once again with the help of In-ok, and promise to see each other again at the end of April, when the cherry blossoms bloom. But the narrator, unwilling to wait that long, decides to travel south and come back up north with the cherry blossoms. There, unexpectedly, he confronts a new temporality.

Sound

It's always Ran-young's voice that reminds the narrator of her. This beautiful sound transports him to a beautiful past. At a restaurant in Insa-dong, where In-ok is having an after-party for his "Three-Man Exhibit," the sweet song of the bar maid transports the narrator back ten years to the moment when he saw Ran-young for the first time. He sees embers burning within Ran-young's voice and also remembers her red nail polish. Having this insight, he feels a great flare of desire for her. But he soon finds that the silky voice of Ran-young has turned as coarse as a straw. It is now like rust eating away at her unjustly difficult life, but also a crack that lets something else in.

Ten days earlier, the narrator had parted with

색(色). 모든 것이 흑백으로 보이던 남자가 한 여자에게서 최초로 분홍과 연두를 본다. 빨강과 초록이 가진 선명함보다 살결과 문살 창호지에 가려져 아스라해진 색은 사랑의 빛깔이며 "추억의 빛깔"이다. 그것은 란영과 봄이 가진 정념과 생기를 생생한 감각으로 보여주되, 지금까지 나에게 결핍된 것이었다는 점에서 부재하는 현존을 뜻한다. 그 두 가지 빛은 내가 성인이 되고 나서 최초로 목격한 자연색이다. 그러므로 란영은 나에게 최초로 자신의 성인됨을 발견하게 한 사람이다. 스물여섯 살, 인옥이 형을 통해 우연히 란영을 만난 나는 그녀에게 '사랑 선언'을 한다. 사랑의 선언은 우연이 고정되는 순간이다. 이렇게 우연은 결국 하나의 운명이 된다. 내가 란영의 손톱 끝에 매달린 분홍빛에서 사랑을 느낀 것처럼, 그녀는 연두 빛깔의 소리를 앞세우고 선운사에 있는 나에게 온다. 이끌림의 운명. 윤대녕은 애초부터 인간사를 논리의 차원이 아니라 시적 직관의 차원에서 그려왔다. 사랑의 선언은 공히 그 책임과 효과가 무한할 수 있는 말을 입 밖에 내는 것이라는 점에서, 시의 욕망과 닮아 있다. 내가 미당을 만나고서야 비로소 란영에게 보낼 편지의 끝을 쓸 수 있었던 것도 그 이유가 아

Ran-young and come to Seonunsa Temple amid springtime picnickers. A great deal had been left unsaid, even though he saw her for the first time in seven years, because her voice had made him so melancholy. The Seonunsa Temple in Gochang is a place "where several layers of close ties overlap" for the narrator. It is Ran-young's hometown, the place where the narrator studied for his university entrance exam, and the place where Ran-young and the narrator met ten years ago. It is also the place that nurtured Midang, the narrator's favorite poet, and where the narrator was enlightened by his work.

Colors

In this story, a man who has always seen everything in black and white sees pink and green for the first time through a woman. These colors of skin and the faded colors filtered by paper doors are closer to the color of his love and memories, rather than vivid red and green. These two colors represent the sentiments and liveliness and sensuous of the spring and Ran-young, and at the same time refer to a deficiency in the narrator's life—a missing existence. The two colors are the first na-

니겠는가. 십 년 전 자신이 다하지 못한 책임을, 나는 란영과의 공통된 경험을 연장시키려는 노력 속에서 실천한다. 사랑은 결국 '지속하고자 하는 욕망'이다.

빛(光). 대상에 깃든 빛 앞에서 사람은 고독하고 회한에 찬 삶을 정화(淨化)한다. 나는 칠 년 만에 만난 란영에게서 "다른 것들이 끼어들 틈"을 본다. "그 벌어진 틈들 사이로 고운 빛이 소리 죽여 드나"든다. 그 빛을 보고 선운사에 온 나는 길모퉁이의 아기 돌부처, 도솔암에 핀 동백꽃, 캄캄한 물을 차고 나왔다 들어가는 잉어, 아기를 업고 가는 여인과 아기 밴 여인에게서 "내 아이를 가졌을 때의 당신"과 아기의 환생을 본다. 대상에 대한 응시 속에서 떠오른 환영들은, 기실 내가 여전히 란영과 사랑하는 중임을 드러낸다. 선운사에 내려온 지 아흐레째가 되는 날, 나는 미당 선생을 만나 그에게서 만세루에 관한 전설과 영산전의 목조삼존불에 관한 이야기를 듣는다. 그 이야기를 듣고 밤길을 걸어 만세루에 찾아간 나는 지극한 정성으로 타다 남은 조각을 잇대어 만든 만세루의 장엄함을 본다. 그리고 나는 캄캄한 어둠 속, 환해진 마음으로 경내를 돌아나오다 만세루 안에 "하얗게 흐드러져 있는 벚꽃의 무리"를 본다. 그토록

tural colors the narrator sees as an adult, and Ran-young is the person who has prompted this self-discovery.

At the age of twenty-six, the narrator makes a "declaration of love" to Ran-young. The declaration of love is the moment when coincidence becomes concrete—it becomes fate. Just as the narrator feels love in the pink color on the tip of Ran-young's finger nail, she comes to him in Seonunsa Temple, together with the green sound. Fatal attraction.

From the start, Youn Dae-nyeong depicts personal history as poetic intuition rather than logic. The declaration of love is similar to the desire of poetry in that it articulates something that carries infinite responsibility and consequences. It is no coincidence that he is able to conclude his letter to Ran-young only after meeting the poet Midang. The narrator then fulfills the responsibilities he could not carry out ten years ago, by attempting to extend common experience with Ran-young. Love, in the end, is the desire for continuance.

Light

One purges solitude and the regrets of one's life

기다리던 벚꽃은, 사무치는 그리움 속에서 인연을 더듬어온 자에게 '빛'으로 현현한다. 이 환영을 통해 나는 인연의 회복이 '타다 남은 것들을 가지고 조각조각 이어다시 만드는 것'이라는 깨달음을 얻는다. 이제 사랑은 견고한 구축으로 이행한다. 그 속에서 사랑은 새로운 삶을 창조한다.

향(香). 무거워진 공기 속을 흐르는 향은 멀리 흐른다. 영산전 목조삼존불에서 퍼져 내린 향내를 맡으며 나는 란영과 가까이에선 서로 진실을 말할 나이가 지났는지 모른다고 생각한다. "멀리서 얘기하되 가까이서 알아들을 수 있는 나이"에 대한 또 다른 깨달음 속에서 편지는 끝까지 쓰여진다. 나에게 벚꽃과 향이 가져다준 빛은 갇힌 삶을 열고 사람들 속으로 걸어 들어가게 하는 힘이 된다. 그러므로 작가가 보여주려고 하는 것은 존재가 아니라, 변화이다. 나의 편지쓰기는 두 번째 사랑의 선언이라는 점에서, 우연을 영원에다 기록하고 고정시키는 일이다. 우연에 영원성을 부여하는 것은 사랑임을, 사랑이 고통스럽지만 의미 있는 사유임을, 그리하여 사랑이 삶의 다른 방식이 될 수 있음을, 작가는 소설을 통해 보여준다. 실제 이 소설의 마지막 부분은 1996

with the light radiating from the object of one's love. The narrator sees "gaps to be filled by other things" in Ran-young when he meets her for the first time in seven years. He sees "a beautiful hue, silently going in and out" of these gaps. When he returns to Seonunsa, after having seen this light, he sees Ran-young, when she was pregnant with his child, and the reincarnated child they lost in the objects he happens to encounter: the infant stone Buddha statue around a corner, the carps swimming in the dark water, a woman carrying her boy on her back, and a pregnant woman. The images that come to him as he regards the objects reveal that his love for Ran-young is indeed ongoing. On the ninth day after he arrives at Seonunsa, he meets Midang and hears stories about the legend of the Manseru Pavilion and the wooden Buddha Triad at Yeongsanjeon Hall. After hearing these tales, he visits Manseru at night and sees the grandeur of the pavilion, constructed with wholehearted devotion from burnt pieces of wood. On his way out of the dark temple grounds, his heart full of light, he sees "a cluster of white cherry blossoms in full bloom." The cherry blossoms he had so longed for mani-fest themselves as light to a man who has been

년 봄, 선운사를 찾았던 작가가 동백장 여관에서 미당 선생을 만난 일을 바탕으로 쓰여진 것이다(「그때 미당을 만나다」). 당시의 깨달음을 회상하며, 작가는 그 순간에 글쓰기를 자신의 운명으로 받아들일 수 있었다고 고백한다. 그러므로 이 작품은 내가 란영과의 인연을 회복하며 쓴 사랑 편지이면서, 동시에 작가와 미당, 작가와 글쓰기의 인연을 운명처럼 간직한 소설이다.

feeling his way in desperate longing to find a destined connection. Through this image, the narrator discovers that reconciliation can be achieved through the act of piecing the burnt wooden pieces together. From there, love progresses to a solid construction, and in this act, love begets a new life.

Scent

Scent travels far in heavy air. Taking in the scent cascading down from the wooden Buddha Triad in Yeongsanjeon Hall, the narrator thinks that he and Ran-young are too old to be telling each other face to face. In the realization that they reached "the age where we can tell each other these things from afar, but understand them closely," he is able to get to the end of his letter. The illumination that the cherry blossoms and scent offers him gives him the strength to open up the life he has trapped himself in and become a part of others. Therefore, what the author attempts to elucidate isn't the essence of existence, but change. As a second declaration of love, the narrator's letter is an act of recording and fixing coincidences onto eternity. Throughout the novel, the author shows us that love is imbuing coincidence with immortality, that it is painful but meaningful, and that it can be a way of life.

The last part of this story, in fact, is based on the writer's own encounter with the poet Midang at the Dongbaekjang Inn when he was visiting Seonunsa Temple in the spring of 1996 ("Then, I Met Midang"). The author confesses in this essay that in recalling the epiphany of that day, he was able to accept writing as his fate. Thus, this short story is a love letter that the narrator writes as he reconciles his relationship with Ran-young, and at the same time a tale about the fateful relationship between the author and the act of writing.

비평의 목소리

Critical Acclaim

윤대녕은 시원, 혹은 원초적 고향이라고 할 수 있는 시간을 동경하고 있는 작가이다. 그러나 그는 그것이 불가능하다는 것을 알고 있다. 그러나 그 현실적 불가능 때문에 그는 그리움을 포기하지 않는다. 윤대녕 이전의 많은 작가들에게 있어서도 비슷한 주제와 의식은 많이 있었다. 그러나 그들에게 있어서 그 그리움은 한이 되어 나타난다든가, 그리움 자체가 작품의 대상이 되거나 하는 범주 속에 있었다. 그리움의 그 원초적 고향을 재현해 보고자 하는 시도는 거의 없었다. 시에서 가령 미당이 신라를 그리워한다든지 하는 경우가 있었으나 소설에 있어서 나로서는 별로 기억되는 경우가 없

Youn Dae-nyeong admires the origins of poetry and the time that is considered the primordial homeland. He knows that these places are impossible to reach—but because of this impossibility, he does not let go of his longing. Such a longing was exhibited in many writers before him, but it was transformed into sorrow, or the longing itself often became the topic. Few writers attempted to recreate this longing for the primordial homeland. The poet Midang sometimes longed for Silla in his work, but I don't recall seeing such attempts in novels. Youn, however, recreates this longing through images.

다. 윤대녕은 그러나 이 그리움을 시각적인 이미지를 통해서 재현하려고 한다.

김주연, 「소설은 없다고 말할 수 없는 한두 가지 이유—신경숙·윤대녕을 통해서 본 신세대 소설」, 《문학과사회》 30호, 문학과지성사, 1995. 5.

윤대녕의 소설엔 '이질적인 것의 공존'이라 부를 수 있는 특성이 내재해 있다. 그의 소설엔 현대적인 것과 고대적인 것, 지금 이곳과 아득히 먼 그때가 사이좋게 이웃해 있으며 현실과 환상이 마주 놓인 두 개의 거울처럼 서로를 반사하면서 맞물려 회전하고 있다. 우리는 그의 소설에서 후기자본주의사회의 현란한 풍경에 대한 매혹을 어렵지 않게 발견하게 된다. 그러나 동시에 그의 소설에선 그러한 후기자본주의사회의 등장과 함께 역사의 지층 속으로 매몰된 과거의 사물과 삶의 방식에 대한 향수 또한 역력히 드러나 있다. 한 편에 표층의 흘러넘침이 있다면 다른 한 편에 고즈넉한 심층의 고요가 있다. 첨단 문명의 현란함과 시원에 대한 그리움은 흔히 생각하듯이 그렇게 대립적인 것만은 아니다. 적어도 이 작가에게 있어서 이 두 세계는 동시적으로

Kim Ju-yeon, "One or Two Reasons Why We Cannot Claim
the Death of Fiction: Fiction by a New Generation Through the
Lenses of Authors Shin Kyung-sook and Yoon Dae-nyeong,"
Literature and Society 30 (Seoul: Moonji, 1995)

Youn's novels have a characteristic built into
them that I call "the coexistence of incongruous
things." The modern and ancient, the now and the
long, long ago coexist peacefully in his novels. Re-
ality and fantasy reflect one another, like two mir-
rors facing each other, and feed off each other. In
his works we often find the seduction of lavish
scenes from post-capitalist societies, at the same
time that a strong nostalgia persists for the objects
and way of life buried deep under the layers of
post-capitalist history. On the one hand, there's a
bubbling over on the surface, on the other hand, a
calm flowing in deep currents. The sensational of
cutting-edge civilization and the longing for the
origins of poetry are not as mutually exclusive as
one might think. At least for Youn, these two
worlds can be sought after at the same time and
are mutually dependent. [...] In their pursuit of a
harmony between the civilized self and the primi-

추구될 수 있고 또 서로 의지하고 있는 것이기도 하다. (……) 문명화된 자아와 원시적 감성의 조화를 추구한 다는 점에서 윤대녕의 소설은 아마도 후기자본주의시 대의 목가라고 부를 수 있을 듯하다.

남진우, 「달의 어두운 저편-윤대녕, 후기자본주의시대의 목가」,

『숲으로 된 성벽』, 문학동네, 1999.

대체로 윤대녕은 소설가보다는 오히려 시인에 가깝 다. 그는 이야기의 연속성보다는 비약적인 암시와 이미 지를 통한 형상화, 섬광과도 같은 순간의 포착, 순간과 순간 사이에 가로놓인 침묵과 단절의 표현에 능하다. 그러나 그는 특히 이번 창작집에서 시인보다는 화가에 훨씬 가깝다. 그가 화가라면 무엇보다 인상주의 화가 다. 인상주의 화가들은 빛의 힘을 빌려 세계를 드러내 지만 그때의 빛은 사물의 존재에 대한 믿음을 확고히 해주기보다는 오히려 시간과 더불어 변화하는 세상만 물의 덧없음을 인식시켜준다. 아니, 화가는 빛을 통해 서 세계를 드러낸다기보다 오히려 세계의 표면을 통해 서 빛을 드러낸다. 빛은 공간 속에 투영된 시간의 에피 파니다.

tive sensibilities, Youn's novels are pastorals of the post-capitalist era.

Nam Jin-woo, "The Dark Other Side of the Moon: Yoon Dae-nyeong, Pastoral of the Post-Capitalist Age," *Fortress Made of Forests* (Seoul: Munhakdongne, 1999)

I would say Youn Dae-nyeong is closer to a poet than a novelist. His talents lie in swift allusions, materialized through images, depictions of moments that are over in a flash, and expressions of silence and disconnect between these moments. In this collection, though, he's actually more of a painter than a poet—an Impressionist painter. The Impressionists revealed the world using light, but a light that enlightens us to the transience of life that changes with time, rather than affirming our belief in the existence of objects. Rather than revealing the world through light, these painters reveal light using the contours of the world. For them, light is an epiphany of time projected in mid-air.

Kim Hwa-young, "Picture Searching for Stars," Many Stars Flowed Down to One Place" (Seoul: Saeng-gag-ui Namu, 1999)

김화영, 「별을 찾아가는 그림」, 『많은 별들이 한곳으로 흘러갔다』,

생각의나무, 1999.

　윤대녕의 문학은 절망스런 현실에서 철저하게 상처 받은 자들이 겪는 고통의 무늬들과 그런 고통스런 현실을 넘어서 낭만적인 신생의 지평을 동경하는 무늬들이 서로 얽히고설키면서 구성적인 디자인을 묘출한 결과라 할 것이다. 윤대녕과 그의 인물들에게 있어서 현실적 사태는 이중적으로 받아들여진다. 상처를 준다는 점에서 현실은 부정적인 대상이지만, 새로운 동경과 열망을 갖게 한다는 점에서는 꼭 부정적이지만은 않은 것이다. 뒤의 경우라면 현실은 향유의 대상이 될 수도 있다. 향유를 위한 고통, 고통을 위한 향유의 정서와 담론이 서로 스미고 짜인다. 고통과 향유를 중층적으로 실천하는 독특한 소설 담론을 우리는 그의 텍스트에서 보게 된다. (……) 어떤 내적 흐름이나 인과 원리와는 상관없이 사건이 일어나기도 하고 소멸되기도 한다는 사고는 세계와 존재에 대한 가없는 우수와 허무의 페이소스에서 비롯된 것일 터이다. 그것은 또한 윤대녕 소설이 서사적 재현의 결과라기보다는 시적 직관 혹은 주관적 응

Youn's literary world is the result of patterns intertwining to create a design: patterns of the agony of those wounded by a hopeless reality, and patterns of longing for transcendence and finding a new landscape of romantic rebirth. For Youn's characters, the crises of reality are perceived on two levels: negative, in that they inflict pain, yet not entirely so, since these crises also sow the seeds of new longing and desire. In the latter sense, reality can become something to be treasured. Youn's sentiment and discourse of pain for the sake of preservation, and preservation for the sake of pain, bleed into each other and are woven together. In his writing, we see a fictional discourse that creates layers of pain and preservation. [...] His idea that things happen or disappear independent of any undercurrents or causes arises from a pathos of melancholy and futility regarding existence and the world. This is one reason Youn's novels are read as poetic intuitions or subjective gazings, rather than as the unfolding of a narrative. There are few writers anywhere who aestheticize the ego and the phenomenon of an object, and, by extension, the world itself, as vividly as Youn does.

Wu Chan-je, "Pains from Wounds and Enjoyment of Yearn-

시의 결과물로 비쳐지게 하는 원인이 되기도 한다. 대
상의 자아화 현상, 나아가 세계의 자아화 현상을 윤대
녕만큼 분명하게 미학화하는 경우도 드물 것이다.

우찬제, 「상처의 공통과 동경의 향유」, 『서평문화』 35호,

한국간행물윤리위원회, 1999. 9.

ing," *Review Cuture* 35 (Korea Publication Ethics Committee, Sept. 1999)

윤대녕

  윤대녕은 1962년 충남 예산에서 출생했다. 1988년 단국대학교 불어불문학과를 졸업하고, 1988년《대전일보》신춘문예에「원(圓)」이 당선되었으며, 1990년 단편 『어머니의 숲』으로《문학사상》신인상을 받으면서 문단에 등단하였다. 윤대녕은 네 살 때부터 아홉 살 때까지 조부모 슬하에서 성장했다. 당시 교장선생님이었던 조부는 서재에서 손자에게 한글과 한자와 붓글씨와 그림을 가르쳤다. 다섯 살 무렵 어두컴컴한 방에서 삶에 최초로 눈을 뜬 그는 자기 삶에 있어서 첫 번째 의식의 대상인 어둠과 마주한다. 아홉 살 때 부모에게 보내진 윤대녕은 역마살을 타고난 아버지 덕분에 초등학교를 졸업할 때까지 무려 여섯 번의 전학을 다녔다. 그 때문에 그는 늘 불안에 시달렸고 내성적인 아이로 변해 갔다. 그에게 위안이 된 것이 있다면 오직 책뿐이었다. 힘겨웠던 사춘기도 헌책방을 전전하며 보내다 조부가 돌아가셨다는 부음을 듣고 그가 절망에 사로잡혀 어느 날부터 공책에 쓰게 된 것이 소설이다. 대학에 들어가서도,

Youn Dae-nyeong

Youn Dae-nyeong was born in Yesan, Chungcheongnam-do in 1962. He graduated from Dankook University in 1988 with a degree in French literature, and won the *Daejeon Ilbo* Spring Literary Contest in 1988 with his short story "Circle." In 1990, he received the *Munhaksasang* New Writer Award for his short story "Mother's Forest," which served as his literary debut. From four to nine years old, Youn was raised by his grandparents. His grandfather, a school principal, taught his grandson Korean, classical Chinese, calligraphy, and painting in his study. At the age of five, Youn opened his eyes to the concept of life for the first time while sitting in a dark room and becoming conscious of its darkness. At nine, Youn was sent to live with his parents, and entered an itinerant phase of his life as a result of his father's wanderlust. Changing schools six times before he graduated from elementary school, Youn turned into an anxious, introverted child. His only comfort was books. He spent his difficult adolescence poking

군대생활을 할 때도 그는 시집이나 소설책을 읽으면서 스스로를 버텼다. 1986년 봄, 군에서 제대한 그는 충남 공주에 있는 암자에 들어갔으나 삭발 귀의하지 못하고 속세로 내려온다. 스물여덟 살에 등단하고 나서 그는 비로소 세상에 속해 있는 자신을 발견한다. 그리고 어느 날, 문학으로 뜨거운 국과 밥을 먹고 있다는 사실에 눈물을 쏟은 그는, 문학을 숙명으로 받아들인다.

시골 태생인 데다 도시 생활에 자주 지치는 그는 종종 자연으로 귀환한다. 전국 각지를 여행하며 글을 썼고, 2003년부터 2년간 제주도에 체류하기도 했다. 그는 한국을 떠나 유럽, 동남아, 일본 등지를 여행하기도 했다. 그 길에서도 묵묵히 글쓰기를 하며, 작가에게 휴식조차 글쓰기에 속함을 보여준다. 소설집 『은어낚시통신』『남쪽 계단을 보라』『많은 별들이 한곳으로 흘러갔다』『누가 걸어간다』『제비를 기르다』『대설주의보』『도자기 박물관』, 장편소설 『옛날 영화를 보러 갔다』『추억의 아주 먼 곳』『달의 지평선』『미란』『눈의 여행자』『사슴벌레 여자』『호랑이는 왜 바다로 갔나』, 산문집 『그녀에게 얘기해 주고 싶은 것들』『어머니의 수저』『이 모든 극적인 순간들』 등은 모두 그의 충실한 발걸음의 소산

around in used-books stores, until one day, in a state of despair following his grandfather's death, he started writing novels in his notebooks. Throughout college and military service, poetry and novels saw him through tough times. Upon completing his military service in 1986, Youn joined a hermitage in Gongju, Chungcheongnam-do. But he could not bring himself to commit to a life of monkhood. After his literary debut at the age of twenty-eight, Youn finally began to see himself as a part of the world. One day he wept when it occurred to him that he was able to afford the warm soup and rice he was eating thanks to literature, and he accepted literature as his fate.

Born in the countryside, and easily enervated by city life, Youn often retreats into nature. He has written while traveling throughout Korea, and lived on Jeju Island for two years. He has also traveled to Europe, Southeast Asia, and Japan, writing all the while he is traveling. His prolific career includes short-story collections, *The Sweetfish Memorandum; Behold the Southern Stairs; Many Stars Drifted to One Place; There Walks Someone; Raising Sparrow; Snowstorm Warning;* and *The Pottery Museum*, the novels *I Went To See An Old Movie; The Far Corners Of Memo-*

이다. 그는 1994년 오늘의 젊은 예술가상, 1996년「천지간」으로 이상문학상, 1998년「빛의 걸음걸이」로 현대문학상, 2003년「찔레꽃 기념관」으로 이효석문학상, 2007년「제비를 기르다」로 김유정문학상을 수상했다. 2012년「구제역들」로 김준성문학상을 수상했다. 현재 그는 동덕여대 문예창작학과에서 학생들을 가르치고 있다.

ries; Lunar Horizon; Miran; Snow Traveler; Stag Beetle Lady; and *Why Did The Tiger Go To The Sea?*, and the essay collections *Things I Want To Tell Her; Mother's Spoon And Chopsticks*; and *These Dramatic Moments*. Youn received the 1994 Today's Young Artist Award, the 1996 Yi Sang Literary Award for "Between Heaven and Earth," the 1998 Hyundae Literary Award for "Footsteps of Light," the 2003 Yi Hyo-seok Literary Award for "Wild Rose Memorial Hall," the 2007 Kim Yu-jeong Literary Award for "Raising Sparrow," and the 2012 Kim Jun-seong Literary Award for "Foot-and-Mouth Disease."

He currently teaches creative writing at Dongduk Women's University.

번역 **테레사 김** Translated by Teresa Kim

테레사 김(김수진)은 캐나다 브리티시컬럼비아 대학교에서 영문학 과정 중에 브루스 풀턴 교수의 지도하에 한국 현대문학 공부를 시작하였다. 2010년에 한국문학번역원(KLTI)에서 정규과정을 수료함으로써 본격적인 문학 번역 활동을 시작하였다. 브리티시 컬럼비아 대학교와 서울대학교에서 공동 개최되는 한국문학번역워크샵에서 박완서의 『부끄러움을 가르칩니다』라는 작품으로 수상하였고, 이후 2010년과 2013년에 서울에서 열린 워크샵에도 참여하였다. 『부끄러움을 가르칩니다』는 문학잡지 《ACTA KOREANA》와 한국현대문학 단편소설집 「WAXEN WINGS」에 발간되었고 이후 우애령의 「와인 바에서」, 김경욱의 「위험한 독서」, 그리고 윤성희의 「부메랑」을 번역하였다. 부산 영화 포럼에서 부산영화제 자료를 번역하였고 국제교류진흥회(ICF)에서 영문 웹사이트와 자료를 번역하였다. 최근에는 한국영상자료원에서 임권택, 신상옥, 김기덕 감독의 DVD 컬렉션을 번역하였다. 현재 서울에서 거주하며 프리랜서 번역가로 활동 중이다.

Teresa Kim completed her studies in English Literature at the University of British Columbia. Under the mentorship of Professor Bruce Fulton, she began her studies in Korean Literature translation while doing her undergrad and in 2010, she was chosen as a scholarship recipient to complete the English language translation program at the Korea Literature Translation Institute (KLTI). Upon completion of the program, she currently resides in Seoul as a freelance translator. She was an award recipient at the 2nd Annual Translation Seminar hosted by the University of British Columbia for the translation of "We Teach Shame!"and was also chosen to participate at the 3rd Annual Korean Literature Translation Workshop at Seoul National University in October 2010. In June 2013, she was invited to sit in on the 2013 Korean Literature Translation Workshop held at Seoul National University as an advising translator. Her translation of Park Wan-seo's short story, "We Teach Shame!"has been published in the literary magazine *ACTA KOREANA* and in the short story collection of modern Korean literature, *WAXEN WINGS*. She has also translated "At the Wine Bar" by Woo Ae-ryung, "A Dangerous Reading" by Kim Gyeong-uk, and "Boomerang" by Yun Seong-hui. As a freelance translator, she has worked with the Busan Cinema Forum for material related to the Busan Film Festival, for the International Communication Foundation (ICF) for the translation of their English website and annual reports, and most recently, she has worked with the Korea Film Archive (KOFA) for the translation of the DVD box collections for directors Im Kwon-taek, Shin Sang-ok, and Kim Kee-duk.

감수 **전승희, 데이비드 윌리엄 홍**

Edited by Jeon Seung-hee and David William Hong

전승희는 서울대학교와 하버드대학교에서 영문학과 비교문학으로 박사 학위를 받았으며, 현재 하버드대학교 한국학 연구소의 연구원으로 재직하며 아시아 문예 계간지 《ASIA》 편집위원으로 활동 중이다. 현대 한국문학 및 세계문학을 다룬 논문을 다수 발표했으며, 바흐친의 『장편소설과 민중언어』, 제인 오스틴의 『오만과 편견』 등을 공역했다. 1988년 한국여성연구소의 창립과 《여성과 사회》의 창간에 참여했고, 2002년부터 보스턴 지역 피학대 여성을 위한 단체인 '트랜지션하우스' 운영에 참여해 왔다. 2006년 하버드대학교 한국학 연구소에서 '한국 현대사와 기억'을 주제로 한 워크숍을 주관했다.

Jeon Seung-hee is a member of the Editorial Board of *ASIA*, is a Fellow at the Korea Institute, Harvard University. She received a Ph.D. in English Literature from Seoul National University and a Ph.D. in Comparative Literature from Harvard University. She has presented and published numerous papers on modern Korean and world literature. She is also a co-translator of Mikhail Bakhtin's *Novel and the People's Culture* and Jane Austen's *Pride and Prejudice*. She is a founding member of the Korean Women's Studies Institute and of the biannual Women's Studies' journal *Women and Society* (1988), and she has been working at 'Transition House,' the first and oldest shelter for battered women in New England. She organized a workshop entitled "The Politics of Memory in Modern Korea" at the Korea Institute, Harvard University, in 2006. She also served as an advising committee member for the Asia-Africa Literature Festival in 2007 and for the POSCO Asian Literature Forum in 2008.

데이비드 윌리엄 홍은 미국 일리노이주 시카고에서 태어났다. 일리노이대학교에서 영문학을, 뉴욕대학교에서 영어교육을 공부했다. 지난 2년간 서울에 거주하면서 처음으로 한국인과 아시아계 미국인 문학에 깊이 몰두할 기회를 가졌다. 현재 뉴욕에서 거주하며 강의와 저술 활동을 한다.

David William Hong was born in 1986 in Chicago, Illinois. He studied English Literature at the University of Illinois and English Education at New York University. For the past two years, he lived in Seoul, South Korea, where he was able to immerse himself in Korean and Asian-American literature for the first time. Currently, he lives in New York City, teaching and writing.

바이링궐 에디션 한국 대표 소설 083

상춘곡

2014년 11월 14일 초판 1쇄 발행

지은이 윤대녕 | 옮긴이 테레사 김 | 펴낸이 김재범
감수 전승희, 데이비드 윌리엄 홍 | 기획위원 정은경, 전성태, 이경재
편집 정수인, 이은혜, 김형욱, 윤단비 | 관리 박신영 | 디자인 이춘희
펴낸곳 (주)아시아 | 출판등록 2006년 1월 27일 제406-2006-000004호
주소 서울특별시 동작구 서달로 161-1(흑석동 100-16)
전화 02.821.5055 | 팩스 02.821.5057 | 홈페이지 www.bookasia.org
ISBN 979-11-5662-049-5 (set) | 979-11-5662-057-0 (04810)
값은 뒤표지에 있습니다.

Bi-lingual Edition Modern Korean Literature 083
Song of Everlasting Spring

Written by Youn Dae-nyeong | **Translated by** Teresa Kim
Published by Asia Publishers | 161-1, Seodal-ro, Dongjak-gu, Seoul, Korea
Homepage Address www.bookasia.org | **Tel**. (822).821.5055 | **Fax**. (822).821.5057
First published in Korea by Asia Publishers 2014
ISBN 979-11-5662-049-5 (set) | 979-11-5662-057-0 (04810)

바이링궐 에디션 한국 대표 소설 set 3

금기와 욕망 Taboo and Desire